나는 그곳에 국수를 두고 왔네

소박한 미식가들의 나라, 베트남 낭만 여행

나는 그곳에 국수를 두고 왔네

1판 1쇄 발행 | 2016년 1월 20일
1판 2쇄 발행 | 2018년 8월 1일

지은이 진유정

펴낸이 송영만
디자인 자문 최웅림

펴낸곳 효형출판
출판등록 1994년 9월 16일 제406-2003-031호
주소 413-756 경기도 파주시 회동길 125-11(파주출판도시)
전자우편 info@hyohyung.co.kr
홈페이지 www.hyohyung.co.kr
전화 031 955 7600 | 팩스 031 955 7610

값 15,000원

이 도서의 국립중앙도서관 출판예정도서목록(CIP)은 서지정보유통지원시스템 홈페이지
(http://seoji.nl.go.kr)와 국가자료공동목록시스템(http://www.nl.go.kr/kolisnet)에서
이용하실 수 있습니다.(CIP제어번호: CIP2015035449)

소박한 미식가들의 나라,
베트남 낭만 여행

나는 그곳에
국수를 두고 왔네

진유정 지음

효형출판

CHÈ

SUA CHUA MÍT

RIÊU CUA

Tháo

UỐN NÓNG

NEM

CÁC LOẠI NEM

016.888.68440

지금은

국수를
먹을 시간

여행에서 누구나 한 번쯤, 아니 반드시 만나게 되는 시간이 있다.
'여행'을 '인생'이라는 단어로 바꿔도 마찬가지일 것이다.

살면서 꼭 한 번은 만난다.
아무도 내가 당도할 것을 모르는 먼 곳으로 떠나는 낯선 정거장에서
버스나 기차를 기다리는 시간을.
그리운 얼굴이 자신을 기다리고 있는 이도 있겠지만
그런 행운이 누구에게나 찾아오는 것이 아님을 우리는 안다.
하지만 설사 그런 행운을 만나지 못하더라도
떠나고 싶은 곳, 닿아야 하는 곳이 있다는 건
틀림없이 멋진 일이다.

그 멋진 모험을 위해 우리는 용감하게 표를 끊는다.

들뜬 마음에 미리 표를 사두고도 서둘러 정거장으로 나선다.

차 시간까지는 아직 충분하다.

바로 그 시간, 머묾과 떠남 사이.

익숙해진 곳에서 다시 낯선 공간으로 넘어가려는 경계의 시간.

그 시간이 바로 국수의 시간이다.

국수를 먹을 최고의 시간이다.

밥은 조금 무겁고, 빵은 왠지 차갑다.

먼 길을 떠나기 전 헛헛한 마음에 요기가 필요한 그때,

밥과 빵 사이의 적당한 무언가로 마음을 살짝 덥히고 싶은

그 시간이 바로 국수의 시간이다.

젓가락은 오롯이 국수 그릇과 나 사이를 오가고

눈으로는 잠깐씩 버스가 들어오는 방향을 확인하며

천천히 국수를 먹는 그 시간.

세상에 부러울 것도 바랄 것도 없다.

드디어 버스가 들어온다.

이제 국수 그릇을 들어 국물 한 모금을 마시고

버스에 오를 것이다.

나를 맞이해줄 이 없지만 가슴 뛰게 하는 일들이 펼쳐질

그 어떤 곳으로 나를 데려갈 것이다.

오랫동안 꿈꿔온 장면이 있다.

새벽 기차역에 내려,

아직 사위가 어두운 거리를 터덜터덜 걸어가다가 만나는

반가운 불빛.

그곳은 반드시 국숫집이어야 한다.

커다란 솥에서 국물이 끓고 있고

그 옆엔 국수 그릇이 차곡차곡 쌓여 있고

테이블 위엔 수저통과 양념이 얌전히 놓여 있어야 한다.

나는 나지막한 나무 의자에 앉아 국수를 주문한다.

검지를 들어 '한 그릇'을 표시하면 그만이다.

주인은 덤덤하게 끓고 있는 국물로 그릇을 데우고

바나나 잎으로 덮어놓은 하얀 면을 한 줌 집어 국수 망에 넣고

국물이 끓고 있는 솥 안에 잠시 담가 따뜻하게 풀어서

익숙한 손길로 그릇에 옮겨 담는다.

넘칠 듯 말 듯 찰랑찰랑하게 국물을 붓고, 고명을 얹고,

숟가락을 푹 꽂아 말없이 내 앞에 내민다.

이 장면을 만나기 위해 나의 여행이 계속되었는지도 모른다.

그리고 몇 년 전 드디어 그 장면을 현실에서 만났다.

하노이행 야간 버스를 탔던 어느 날,

밤새 달리던 버스는

하노이 어딘가에 여행자들을 휙 떨구고 사라졌다.

자다 깨서 부랴부랴 짐만 겨우 챙겨 내린 그 새벽,

나는 잊지 못할 국수를 만났다.

새벽 5시, 사람들은 국수를 먹고 있었다.

아니, 젓가락으로 국수를 고이 길어 올리고 있었다.

새벽녘이라 그랬을까.

대부분 혼자 온 손님들이라 그랬을까.

베트남 어디를 가도 만나게 되는,

시끄러울 정도로 명랑하고 말하기를 좋아하는 사람들은

찾아볼 수 없었다.

간혹 숟가락 부딪치는 소리만 공기에 섞일 뿐이었다.

고요하고 평화로운 그 새벽을 깨트릴까

무거운 배낭을 살며시 내려놓고 국수를 주문했다.

채 썬 파가 그릇을 덮는 과감한 비주얼이 눈을 먼저 사로잡는다.

숟가락으로 파를 살살 헤치고, 듬뿍 올라간 고기도 헤치고

우선 국물을 한 숟가락 떠먹어본다.

입 안에 넣는 순간 진한 구수함이 퍼지고
국물의 온기가 천천히 흘러 흘러 몸속 끝까지 도달한다.
불 향을 입힌 소고기와 부드러운 면의 완벽한 조화.
밤새 버스에서 시달린 속은 어느새 온화해지고
까끌까끌 돋아났던 혓바늘도 들어가버렸다.
베트남에서 오래 지냈지만 처음 만나는 맛이었다.
국숫집 테이블마다 놓여 있는 향채 접시도, 숙주도 없었다.
국수 위에 수북이 얹은 파뿐이지만 더 바랄 것이 없는 맛.
그 자체로 완벽했다.

그날의 국수는 베트남 국수 중에서 가장 대표적인 퍼^{Phở}였고,
그 집은 하노이 시내의 유명한 퍼 집, 퍼틴^{Phở Thin}이었다.
나무를 때느라 벽과 천장이 온통 까맣게 그을린 식당은
이제 현대적인 모습으로 바뀌었지만
입구에 있는 부엌만은 변함이 없다.
그곳을 허문다면 혹여 맛이 달라질까 두려워하듯 말이다.

밤새 달려온 기차나 버스에서 내린 날이면
나는 어김없이 그 새벽의 국수를 만나러 간다.
그리고 여행의 로망을 현실에서 마주한 그날 이후
나의 베트남 국수 여행은 시작되었다.
오래되고 허름한 헌책방에서 소중한 책을 발견해내듯,
소박하고 따뜻하고 맛있는 국수를 발견하기 위해
오늘도 여행을 떠난다.

3

박하·호이안·다낭·
냐짱·후에·하이퐁·달랏

Bắc Hà · Hội An · Đà Nẵng ·
Nha Trang · Huế · Hải Phòng ·
Đà Lạt

4

그녀의
국수 사전

5 그녀의 레시피

Epilogue

Hủ Tiếu Nam Vang

Bánh Canh Không

Bún Bò Huế

Bánh Canh Cua

Bún Mắm

Phở

Miến Gà

Chapter 01

호찌민
Hồ Chí Minh

KH.G.B.TONG
09/4856.III

AI - 30
CHÍN
N TRƯA:

PHỞ XÀO
MỲ XÀO
ƠM RANG

→ TRONG NGÕ

(0902082384)

KM CAT BE T
0915107211

KH C B TONG
0912936662

KH C B T
0919268649

KH C BE TÔNG
0932217333

국수는

타임머신이다

타임머신이 먼 옛날 행복했던 어느 시절로, 그리운 사람 곁으로
데려다준다면 나는 어느 때로 돌아가고 싶다고 말해야 할까.

〈그 노래를 기억하세요?Alive Inside〉라는 다큐멘터리가 있다. 지난
인생에서 기뻤던 순간 같은 건 모두 잊은 듯 외롭고 무료하게 지
내는 요양원의 노인들에게 그들이 좋아하는 음악을 들려주고 그
변화를 지켜보았다. 결과는 놀라웠다. 음악은 무엇에도 반응하지
않던 노인들을 다시 웃고, 눈물짓게 만들었다. 노래가 그들을 그
시절로 데려다준 것이다. 타임머신을 태워 그들이 가장 행복했던
때로.

나에게는 국수가 그렇다. 국수는 나를 과거의 어떤 순간으로, 여기가 아닌 다른 공간으로 데려간다. 조금은 무모하게 길을 떠났던 어느 시절로, 이제는 각자의 삶을 살아내느라 만나지 못하는 사람들 곁으로, 나를 감동시킨 아름다운 풍경 속으로 순식간에 나를 데려다 놓는다.

화양연화의

국수

후띠에우남방Hú Tiéu Nam Vang

국수 타임머신이 나를 처음 내려준 곳은 호찌민 시 3군에 있는 응오터이니이엠^{Ngô Thời Nhiệm} 길 12번지다. 대학교라고 하기에는 너무나 작은 건물 하나에 오토바이와 자전거를 주차하는 곳이 전부인 그곳에서 나는 학생들에게 한국어를 가르치며 2년을 보냈다. 7시에 시작하는 이른 첫 수업이 끝나면 시간은 10시. 아침을 거른 날이면 수업을 마치고 학생들과 국수를 먹으러 가곤 했다.

커다란 나무들이 천장이 되어주는 노천 식당. 메뉴는 후띠에우남방* 하나다. 다진 마늘과 고추가 다소곳이 놓인 테이블에 앉아 나는 국물이 있는 후띠에우남방을, 함께 간 학생 중 누군가는 간장에 비벼 먹는 후띠에우남방을 시켰다. 수업 후 홀가분한 마음으로 먹는 후띠에우남방은 맑은 북엇국처럼 속을 시원하고도 따뜻하게 풀어주었다. 태양은 아직 절정에 달하지 않아 그늘 사이로 햇빛이 들어와도 견딜 만한 그때 나는 행복했다.

새우를 얹긴 하지만 후띠에우남방의 주재료는 돼지고기다. 삶은 고기를 얇게 썰어서 올리고, 곱게 다져서 익힌 작고 동글동글한 고기를 고명처럼 뿌린다. 간과 허파 등 내장도 듬뿍 들어간다. 야채는 양상추와 부추, 그리고 셀러리 잎을 곁들여 먹는데 어울리지 않을 것 같은 돼지고기와 국수, 그리고 셀러리 잎이 의외의 커플처럼 아주 잘 어울린다. 망에 담아 뜨거운 물에 불린 후띠에우는 생면과는 또 다른 느낌을 준다. 부드러운 생면보다 쫄깃하면서 약간은 거친 감촉이다. 후띠에우가 입 안에 닿으면 왠지 힘이 생기는 듯했다.

후띠에우남방 타임머신이 나를 데려다준다. 후띠에우남방을 처음 먹는 나를 위해 학생들이 테이블에 놓여 있는 마늘과 고추와 라임을 적당히 넣어주고는, 첫술을 뜬 내 표정을 지켜보던 그때로. 맛있다고 미소 짓는 나를 보고 나서야 마음 놓고 자기들의 국수를 비비기 시작하던 그날로. 정겹고 따뜻하고 왠지 모를 뿌듯함까지 있던 그 아침들이 좋아서 7시 첫 수업도 신나게 가던 철없던 선생 시절, 어쩌면 내 생애 가장 행복했던 때로.

* 후띠에우남방

후띠에우Hủ Tiếu는 말린 쌀 면을,
남방Nam Vang은 남쪽 지방을 뜻한다.
여기서 남쪽 지방은 캄보디아를 가리킨다고 한다.
캄보디아에서 똑같은 국수를 못 만난 걸로 봐서는
베트남으로 건너와 변형된 듯하다.
후띠에우는 '후띠우Hủ Tiú'로 쓰기도 한다.

그곳

그 시절
그 사람들

내가 사랑하는 모든 것들은

남쪽에 있다.

오래도록 내 머릿속에 선명하게 남아 있는 문장 하나.

어찌 된 일인지 내가 사랑하는 모든 것들은 정말로 남쪽에 있다.

그곳,

그 시절,

그 사람들이 거기에 있으니…….

이게
바로

사이공 스타일

낡아빠진 샌들을 끌고 와
길거리 허름한 국숫집에 앉아 있을지라도
국수를 먹는 베트남 사람들은 시크하다.

오토바이 엔진과 경적 소리가 울려대는 길가에서도
몇십 년쯤 도를 닦은 사람처럼
시끄러운 세상을 평화로이 바라보는 여유로운 눈빛과
절대 서두르지 않는 손길.
국수 앞에 앉은 시간을 즐기는 그들에게서
쫓기며 끼니를 때우는 모습은 찾아볼 수 없다.

호찌민 날씨와 그들의 체질이 사이공^{Sài Gòn}[*] 스타일을 완성한다.

추위에 몸을 움츠릴 필요가 없어 자신감 넘쳐 보이는 태도.

뜨거운 태양 아래에서 만만치 않게 뜨거운 국수를 먹는데도

웬만해서는 땀 한 방울 안 흘리는 특수 체질.

나처럼 연신 땀을 닦느라 스타일을 구기는 사람은 없다.

우아하게 국수 그릇을 비운 사람들의 손은

자연스럽게 이쑤시개로 향한다.

마치 홍콩 영화 속 주인공처럼 이쑤시개를 물고

다시 한 번 시끄러운 거리를 물끄러미 응시하다가

미련 없이 일어나 오토바이 키를 흔들며 유유히 떠나간다.

세상 그 어느 도시의 사람들이 이렇게 스타일리시하게

노천 국수를 즐길 수 있을까.

* 사이공

1975년 통일 이후 사이공에서 호찌민으로 도시 이름이 바뀌었으나
이곳 사람들은 아직도 '사이공'으로 부르기를 더 좋아한다.

ÂM NHẠC 50K/NHÓM/ GIỜ - 100K/NGƯỜI/GIỜ
CHÁO MỰC
13.000Đ/ 1TÔ
VISSAN
Điện Thoại: 0903

국수를 위한

평등의
의자

중국산 싸구려 자전거를 끌고 왔어도
잘 나가는 일제 오토바이를 타고 왔어도
허름한 식당에 어울리지 않는
값비싼 벤츠를 몰고 왔어도
아무리 유명하거나 돈이 많은 사람이라도
맛있는 국수를 먹으려면
이 작은 의자에 앉아야 한다.

아무것도

넣지
마세요

바인까인콩Bánh Canh Không

사계절 내내 뜨거운 호찌민에는 언제나 싱싱한 야채와 과일이 넘친다. 햇빛 쏟아지는 기분 좋은 날씨와 신선한 먹을거리들로 여행의 즐거움은 더 커진다. 그런 호찌민에 갈 때마다 꼭 들르는 집이 있다. 호찌민 근교 짱방Trảng Bàng 지방에서 만드는 라이스페이퍼 바인짱Bánh Tráng에 스무 가지나 되는 야채들을 고기와 함께 싸 먹는 식당이다. 바인짱에 처음 보는 야채들을 층층이 얹고 꼭꼭 말아서 먹으면 내 몸이 초록으로 채워지는 듯한 기분이 든다.

하지만 어쩌면 나는 바인까인Bánh Canh을 먹으러 그 집에 가는지도 모른다. 이 국수가 없었다면 그곳에 그렇게 자주 가지는 않았을 것이다. 잠깐 등장하는 카메오 배우를 보기 위해 영화를 보러 갈

수도 있고, 아주 사소한 부분이 마음에 들어 한 사람이 좋아질 수도 있는 것이니까.

이 집에서만큼은 고기를 뺀 바인까인콩을 주문한다. 콩^{Không}은 '아무것도 없다', '아니다'라는 뜻이다. 혹 다른 국숫집에서도 고기를 뺀 국수를 먹고 싶다면 '콩'을 붙여 주문하면 된다.

바인까인콩은 소위 말하는 '미니멀리즘' 그 자체다. 더하기가 아닌 빼기의 맛. 맑은 국물에 뚝뚝 끊어지는 면을 말아 가늘게 채 썬 향채만 몇 잎 띄워준다. 아무 양념도 하지 않은 국수에 으갠 고추를 입맛에 맞게 더하기만 하면 된다. 돼지고기와 여러 야채를 넣어서 크기가 불어난 쌈을 삼키느라 퍽퍽할 때, 입 안을 촉촉하게 적셔주는 바인까인콩. 맛있는 카메오 바인까인콩 덕분에 쌈은 먹어도 먹어도 처음처럼 맛있다.

추억은

힘이
세다

분보후에 Bún Bò Huế

베트남의 옛 수도로 과거의 화려한 영광을 간직하고 있는 도시, 후에 Huế의 음식 중에는 궁중 요리의 영향으로 섬세하고 특별한 것들이 많다. 분보후에는 베트남 음식의 본고장이라고 할 수 있는 후에의 대표 국수다. 하지만 내가 사랑하는 분보후에는 정작 후에에는 없다. 나의 분보후에는 호찌민에, 내가 살던 골목의 국숫집에 있다.

베트남에 사는 동안 내가 비운 국수 그릇을 종류별로 겹쳐 쌓는다면 단연 일등이 될 국수, 분보후에. 그런데 나는 꽤 오랫동안 이 국수를 그냥 지나쳤다. 길거리에서 파는 그저 그런 국수일 거라고 지레 생각했다. 베트남의 맛을 제대로 몰라 겉모습으로만 음식을 판단하던 때였다. 그러다가 요리 솜씨 좋으신 우리 하숙집 주인 할머니가 그 국수를 시켜 드시고 그릇을 가져다 주는 걸 우연히 보게 되었다. 아마 그때부터 내 마음이 동하기 시작했을 것이다. 국물 냄새가 식욕을 유난히 자극하던 어느 날 아침, 나는 골목에 내놓은 그 집 테이블에 앉았다. 건기의 막바지에 다다른 오늘 하루는 또 얼마나 뜨거울까 걱정하고 있을 때 국수가 나왔다.

살짝 데친 야채를 넣고 맛본 첫술을 지금도 잊지 못한다. 힘줄이 섞여 쫄깃쫄깃한 소고기는 또 얼마나 맛있던지. 땀을 뻘뻘 흘리면서도 국물 한 방울 안 남기고 싹 비워버렸다. 학교에 가기 전이라 땀을 그렇게 쏟으면 안 되는데 화장이 지워지는 것도 신경 쓸 틈이 없었다. 그 이후로 분보후에를 혼자도 먹고, 학생들과도 먹고, 호찌민에 놀러 온 친구들과도 먹었다. 일주일에 두세 번 먹으면서도 질린다는 생각은 한 번도 한 적이 없다.

그렇게 분보후에를 만난 뒤 후에의 분보에 대한 기대는 점점 높아졌다. 기대를 잔뜩 안고 후에에 있는 원조 집에 갔다. 소문대로 국물은 깨끗하면서도 깊은 맛이 났지만, 우리 골목 아저씨네 분보후에 맛에 익숙해진 내게는 뭔가 부족한 듯싶었다. 원조의 얇은 면보다는 아저씨네의 조금 두툼한 면이, 소의 정강이 부위보다는 쫄깃한 넓적다리 살이 더 어울리는 듯했다. 원조를 이긴 우리 동네 분보후에의 맛. 그건 아마도 추억이 깃들어 있기 때문일 것이다.

아무리 유명한 요리사의 음식도 엄마의 음식을 이길 수 없는 것처럼 추억은 그렇게 힘이 세다.

단순히 맛있는 음식이 아닌 특별한 추억이 가미된 음식이 소울푸드라면 베트남에서의 나의 소울푸드, 아니 '소울누들'은 이 국수일 것이다. 하지만 베트남에서 내가 가장 사랑하는 분보후에는 이제 더 이상 먹을 수 없다. 언제라도 그 골목에 가기만 하면 먹을 수 있을 줄 알았는데, 나를 기다려줄 줄 알았는데……. 오랜만에 찾아간 아침 골목은 텅 비어 있었다. 아저씨의 국수 수레도, 가게도 여전히 거기에 있었지만 분보후에는 없었다. 주인 아저씨는 몸이 아파 가게를 닫고 쉬고 계셨다. 어떤 것도 영원하지 않다는 인생의 법칙처럼 아저씨의 분보후에도 언제나 있는 것은 아니었다. 아저씨의 건강이 하루빨리 회복되기를 기도한다. 분보후에 냄새가 아침 골목을 가득 채우는 날이 다시 오기를.

엄마에게

다시
한 번

바인까인꾸어Bánh Canh Cua

내가 베트남에 사는 동안 엄마는 호찌민에 딱 한 번 오셨다. 그런데 동네 어른들과 함께 온 패키지여행이라 따로 시간을 내실 수 없어 엄마를 보려면 엄마가 묵고 있는 호텔로 찾아가야 했다. 그동안 내가 먹어본 음식 중에서 가장 맛있는 음식을 파는 식당으로 모시고 가 딸이 사랑하는 베트남의 맛을 나누고 싶었지만 단체 일정 때문에 불가능했다. 아쉬움에 발만 동동 구르다 어느 날 밤 음식을 포장해서 호텔로 가지고 갔다. 마침 호텔 근처에 내가 제일 좋아하는 식당이 있었다.

국수의 이름은 바인까인꾸어. 쌀과 타피오카 가루를 섞어 만든 면에 게의 통통한 다리 살을 넣어 끓이는 국수다. 다른 집보다 타피오카 함량이 많아서 이 집의 면은 훨씬 더 쫄깃했다. 게살의 향이 진하게 스며 있는 바인까인꾸어는 베트남에 놀러 온 사람들 중에서도 마음이 많이 가는 사람에게만 알려주고 싶은 국수였다. 그러니 엄마를 위해 이 집의 국수를 선택하는 게 당연했다.

어쩔 수 없이 플라스틱 그릇에 담아 간 국수는 미지근하게 식어버렸고 비닐봉지에 담긴 야채는 볼품없어 보였지만 맛은 괜찮았다. 라임과 소스를 넣어 내민 국수를 엄마는 함께 여행 온 동네 아주머니들과 한 입씩 나누어 드셨다. 그렇게나마 국수를 맛 보일 수 있어서 그날 밤 나는 뿌듯하게 집으로 돌아왔던 것 같다.

그런데 가끔 엄마와 베트남 여행을 추억할 때면 엄마는 그 국수 이야기는 쏙 빼놓으신다. 한국 식당에서 먹은 삼겹살에 딸려 나온 상추가 무지 컸다거나, 최고급 호텔도 아닌 그저 그런 호텔 뷔페에서 먹은 음식의 가짓수가 많았다거나 하는 얘기뿐이다. 안타깝게도 엄마에게 바인까인꾸어는 아무런 인상을 주지 못했나 보다. 그 밤의 국수 배달 작전은 실패였다. 다 식은 국물, 플라스틱 그릇, 그리고 맛에 집중할 수 없는 분위기가 원인이었을 것이다.

엄마에게 바인까인꾸어의 맛을 제대로 느끼게 해드리고 싶다. 그러려면 엄마와 그 식당에 직접 가야 한다. 뒤에 작은 정원이 있고, 양쪽 벽에 베트남 화가들의 그림이 걸려 있는, 후에 출신 직원들의 사투리가 흘러나오는 그 집에서 갓 나온 뜨거운 국수를 먹어야 한다. 이제는 허리가 아파 오랜 비행은 무리인 엄마에게 다시 한 번 바인까인꾸어를 맛 보일 수 있는 방법은 하나다. 내가 만들어 드리는 수밖에 없다.

오늘은 정말 큰맘 먹고
그 집으로 향한다.
바인까인꾸어의 비밀 레시피를
캐내야 하니까.

로안의

요리
교실

분맘 Bún Mắm

아무리 봐도 소수민족 스타일이다. 베트남의 오십여 소수민족 중에 머리를 말아 정수리에 높게 얹는 타이 족의 머리 모양과 똑같다. 여성문화원 Nhà Văn Hóa Phụ Nữ에서 요리를 배울 때 만난 카리스마 넘치는 로안 선생님이다.

로안 선생님의 신공은 간 맞추기에서 발휘된다. 수업 첫날, 수강생들에게 양념을 만들어 고기를 재우라고 시키더니 이윽고 돌아다니면서 간을 확인하는데 얼마나 놀랐던지. 글쎄 그릇을 들고 냄새를 맡는 게 아닌가. 여러 번 쿵쿵대던 선생님은 수강생들에게 오케이 사인을 보내거나 양념을 더 넣으라고 주문했다. 냄새로 간을 맞추다니 말도 안 된다고 생각했다. 일종의 퍼포먼스려니 하고 넘어갔다.

그러다 차츰 그게 불가능한 일은 아니라는 걸 깨달았다. 베트남 음식은 소금보다 피시 소스인 느억맘Nước Mắm으로 간을 맞출 때가 더 많으니 냄새를 맡고 느억맘 양을 가늠할 수도 있겠다 싶었다. 그 후부터 나도 간을 맞출 때 냄새를 맡아보곤 하는데 그게 한두 번에 익힐 수 있는 기술이 아니다. 내공이 쌓여야 한다. 나는 멀고 또 멀었다.

로안 선생님께 배운 국수 중 가장 기억에 남는 건 분맘이다. 두 가지 젓갈을 베이스로 진한 국물을 내는 이 국수는 종합 선물 세트처럼 풍성하다. 생선, 오징어, 새우, 돼지고기, 삶은 가지에 향채 라우당Rau Đắng, 라우숭Rau Súng, 라우늣Rau Nhút이 들어간다. 한 번 먹어서는 그 맛을 제대로 느끼기 어려운 진짜 현지의 맛이다. 나 또한 몇 번을 먹어보고 나서야 겨우 적응할 수 있었는데, 그런 음식들의 속성이 그렇듯 한번 적응하고 나면 빠져나올 수 없다. 분맘은 북쪽에서는 먹기 힘드니 베트남 남쪽으로 가는 여행자라면 꼭 도전해 볼 만하다.

호찌민에 머물며 잠시 요리를 배웠던 그 시절, 베트남의 주부, 아가씨 들과 함께 요리 수업을 들었다. 요리 교실은 수업이라기보다 저녁 마실 나온 여자들의 짧은 휴식 시간 같았다. 대부분 낮에 일하는 주부들인데도 피곤한 기색 없이 깔깔 웃으며 음식을 만들고, 요리가 끝나면 음식을 똑같이 나눴다. 양이 아무리 적어도, 마음이

안 내켜도 별수 없었다. 진지한 얼굴로 최대한 음식을 똑같이 나누려 하는 로안 선생님의 모습은 엄숙하기까지 했으니까. 그렇게 선생님이 싸준 음식을 들고 집으로 돌아오는 저녁에는 봉지만 봐도 이상하게 배가 불렀다.

벌써 몇 년이 지났지만 분맘을 먹을 때면 자전거를 타고 요리를 배우러 다녔던 그 시절이 떠오른다. 함께 요리 수업을 들었던 동갑내기 친구는 어떻게 살고 있는지, 느억맘 냄새로 간을 가늠하던 로안 선생님의 기술은 지금도 여전한지 궁금해진다.

완벽한

일요일의
풍경

퍼Phở

독일에서 고고학을 공부하는 시인의 이야기다. 어느 날 시인이 서점에서 베트남 요리책을 사서 나오는데 갑자기 비가 내렸다. 서점 처마 아래에서 비를 피하는 동안 시인은 그 책을 펼쳤다.

일요일이면 나의 아버지는
우리가 일어나기를 기다리며 이 음식을 준비했다.
닭고기를 삶아 국물을 내고
페퍼민트와 마늘을 섞은 멸치 액젓으로 양념장을 만들고
쌀로 만든 국수를 말아 '퍼'를 만들었다.

시인의 마음을 흔든 그 구절은 내 마음속에도 남아 있다. 처마 밑에서 비를 피하며 책을 읽고 있는 시인과 책 속 일요일의 풍경이 호찌민의 비 내리는 어느 일요일 속으로 나를 데려다 놓았다. 비와 일요일과 나를 아끼는 누군가가 만들어주는 정성스런 퍼 한 그릇. 그 이상의 행복이 있을까. 나는 그들의 추억을, 완벽한 일요일을 질투했다.

호찌민의 하숙집 할머니도 일요일이면 손주들 먹일 국수를 만드셨다. 똑똑 방문을 두드려 늦잠을 자고 일어난 내게도 한 그릇 나누어주셨다. 나는 일요일 오전, 할머니의 국수가 주는 여유롭고 평화로운 시간을 좋아했다. 정성스럽게 만든 따뜻한 국수가 있는 완벽한 일요일이 내게 잠시 찾아왔던 것이다.

Phở

나를

배웅하는
국수

미엔가 Miến Gà

우리는 안다. 겨우 떠나왔지만 순환하는 기차처럼 떠남은 언제나 돌아감으로 이어진다는 것을. 순환의 궤도를 벗어나는 유목민 같은 삶을 원하지만 내게 그만큼의 용기는 아직 없다.

떠나온 나는 또 돌아가야 한다. 지금 메고 있는 작은 배낭이 아닌 커다란 여행 가방이 있는 베이스캠프로, 더 많은 짐들이 나를 기다리는 곳으로 돌아간다. 그곳으로 가는 길에는 침묵이 흐른다. 침묵의 행간에는 떠날 때의 소란보다 더 많은 이야기들이 담긴다.

베트남으로 떠나는 날이면 수많은 국수들이 떠오르지만 서울로 돌아가야 하는 날엔 언제나 이 국수가 떠오른다. 오랫동안 먹지 못한다고 생각하면 가장 아쉬워지는 베트남 여행의 마지막 국수, 미엔가. 맑은 닭고기 육수와 당면의 만남은 너무 낯설지도, 너무 진부하지도 않은 맛이다. 익숙함과 새로움 사이에서 균형을 잡고 있는 미엔가는 들떠 있던 마음을 가라앉히고, 돌아가는 아쉬움을 다독여준다.

드디어 여행의 마지막 국수가 나왔다. 나는 천천히 미엔가를 음미한다. 닭고기를 음미하고, 매끈한 당면을 음미하고, 국물을 음미한다. 당면은 마지막까지 국물을 흐리지 않는다.

나의 고향 같은 도시, 호찌민.
이제 이곳을 떠나야 한다. 미엔가가 나를 배웅하고 있다.

국수를
건지는

일

뭐라고 불러야 할까, 이 도구를.

국수 체, 국수 망, 국수 건지개…….

이리저리 사전을 뒤져봐도 딱 맞는 단어를 찾기 힘들다.

뭐하고 불러야 할지 모르는 이 조리 도구를 나는 유독 좋아한다.

면을 뜨거운 물이나 육수에 담가서 따뜻하게 데운 뒤

국수 그릇에 예쁘게 담을 때 쓰는 이것.

면발을 풀어주되 흩어지지 않게 하는 이것을.

끓는 물 속에 가닥가닥 퍼져 있는

국수 가락을 한 번에 들어 올리는 동시에

면이 더 이상 붓지 않도록 물을 순식간에 빼내는 걸 바라보면

어지럽게 흩어져 있던 마음이 가지런해진다.

이제는 보기 힘든 대나무 건지개를 쓰는 국숫집.

귀한 대나무 건지개를 카메라에 담고 싶은데

어찌나 바삐 움직이는지 찍기가 어렵다.

결국 카메라를 내려놓고 국수를 시켰다.

국수를 먹으며 끊임없이 움직이는 건지개를 두 눈에 담는다.

저 오래된 건지개로 만들었을 수천 그릇의 국수

그리고 지금 내 앞에 놓인 국수.

그동안 건지개는 저 안에서 보고 있었는지도 모른다.

이 국수로 하루를 시작하거나 마무리하는 수많은 사람들의 마음을.

그들의 마음을 달래주려고

국수 가락을 보드랍게 건져냈을지도 모른다.

따뜻하고 부드러운 면이 입술에 닿는다.

살짝 건드리기만 해도 부서질 것 같던 메마른 생각들이

가슴에 맺혀 있다가 어느새 스르르 풀어진다.

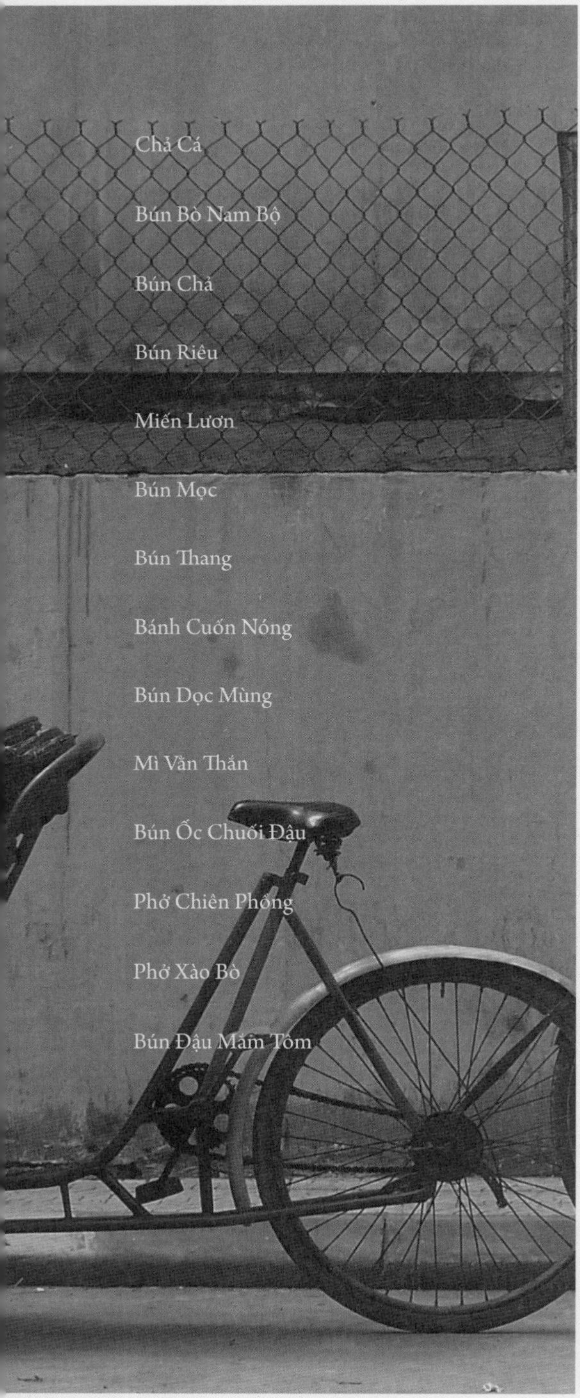

Chả Cá

Bún Bò Nam Bộ

Bún Chả

Bún Riêu

Miến Lươn

Bún Mọc

Bún Thang

Bánh Cuốn Nóng

Bún Dọc Mùng

Mì Vằn Thắn

Bún Ốc Chuối Đậu

Phở Chiên Phồng

Phở Xào Bò

Bún Đậu Mắm Tôm

Chapter 02

하노이
Hà Nội

나에게는

국수 사전이
있다

서울의 저녁은 때로 쓸쓸하다. 퇴근 후 약속 장소를 향해 분주하게 움직이는 사람들. 울리지 않는 전화기를 만지작거리는 사람들. 마음까지 출출해지는 그 시간에 나는 가만히 이 사전을 펼친다. 첫 페이지에 "쓸쓸한 날엔 후루룩후루룩 큰 소리로 세상 걱정 다 날려 보낼 것처럼 요란스럽게 국수를 먹자"고 쓰어 있는 나만의 국수 사전을.

국수 사전에는 세상을 사는 동안 스치게 되는 감정과 국수 이름이 나란히 짝지어져 있다. 기쁜 날에 먹는 국수, 외로운 날에 먹는 국수, 누군가와 마음을 나누고 싶은 날에 함께 먹는 국수……. 내가 사랑하는 국수들이 감정의 층위에 따라 연결 지어져 있다.

페이지를 넘기면 위치별로 정리된 국숫집이 나온다. 기분에 따라 가고 싶은 장소 또한 달라지니까. 그곳은 시장일 수도, 골목일 수도, 바다가 내려다보이는 곳일 수도 있다. 가슴 답답한 날에 가고 싶은 국숫집은 시끌시끌한 시장 안에 있고, 아무도 모르는 곳에 숨어버리고 싶은 날의 국숫집은 골목 깊은 곳에 있다.

또 다른 페이지에는 시간마다 어울리는 국수가 등장한다. 아침 7시에 떠오르는 국수와 한낮에 당기는 국수, 그리고 늦은 밤에 생각나는 국수는 분명 다르니까.

완벽한 국수 사전은 언제 완성될까? 아마 끝내 완성되지 않을지도 모른다. 그저 또 다른 국수들을 하나씩 목록에 더할 뿐이다. 쓸쓸한 시간이 더 길어진다 하더라도 오랫동안 이 사전을 펼쳐 볼 수 있도록.

이상한
여행 계획을

세우다

여행자들의 계획표에는 뭐가 적혀 있을까. 보통은 멋진 풍경이나 박물관 같은 볼거리가 있을 것이다. 그리고 그런 관광지 사이사이에 유명한 카페나 식당을 끼워 넣을 것이다.

나도 그렇게 여행 계획표를 짤 수 있다. 식당 하나 때문에 굳이 여행 계획을 바꾸는 무모한 행동은 하지 않고, 우연히 고른 음식 맛에 놀라기도 하는 평범한 여행자가 될 수 있다. 그곳이 베트남이 아니라면 말이다.

베트남에서는 아무래도 그렇게 되지 않는다. 여행 기간 동안 몇 끼니를 먹게 될지 미리 세어보고, 어떤 음식들로 하루를 채울지

고민하고, 의욕을 다 감당하지 못하는 작은 위를 아쉬워하며 식당 위치를 중심으로 여행의 동선을 그린다.

세상에는 이렇게 여행 계획표를 짜는 사람도 있는 것이다. 그깟 국수 한 그릇 때문에 몇 번이나 다녀온 도시를 가고 또 가는 사람, 이번에는 다른 도시로 가리라 결심하다가도 결국은 원점으로 돌아오고 마는 사람도.

나를

부르는
간판들

어두워진 골목,

희미한 형광등 불빛,

음식 이름만 커다랗게 적은 글자.

멋 부리지 않고 그냥 있는 그대로

자신의 존재를 알리는 간판들이

내게 손짓한다.

한 그릇 뚝딱 말아줄 테니 어서 들어오라며

나를 부른다.

속 비우고 다니지 말라고

그래야 견딜 힘이 생긴다고

그래야 이 삶을 활보할 수 있다고

내게 말을 건넨다.

PEPSI

ĐỘC QUYỀN

BÚN RIÊU
NAM BỘ

67 HÀNG BÔNG sũ

*BÚN
*MIẾN Ngan
Phở - BÒ
 - CÀ
ĐĐ:

BÚN BÒ
Nam Bộ
k c mơ

MIẾN TRỘN
CUA - MỰC
MIẾN, BÁNH ĐA CUA

BÚN RIÊU
GIÒ - BÒ - ĐẬU
KÍNH MỜI   25A BÁT ĐÀN

43 Cầu Gỗ
BÚN CHẢ
NEM RÁN

BÚN NGAN MỌC
MIẾN LÒNG TRỘN
BÁNH ĐA CÁ
Kính mời

Bánh
Bao
4.000
8.000

BÚN THANG
BÀ ĐỨC
48 CẦU GỖ

여행자의

호사

짜까-Chả Cá

하노이 노이바이 공항에서 도심으로 들어가려면 거의 일 년 내내 물안개가 자욱한 홍강을 건너야 한다. 여행의 초입에서 만나는 홍강의 안개 때문인지 하노이는 뭔가 신비스러운 첫인상을 남긴다. 그리고 비밀을 감추고 있는 듯한 그 안개 속에는 정말로 귀하고 맛있는 것들이 숨겨져 있다. 하노이에서 바다까지는 꽤 먼데도 시장에는 크고 싱싱한 생선들이 넘치는데, 모두 홍강과 그 지류에서 잡은 물고기들이다.

오랜만에 온 하노이. 역시나 안개가 껴 있는 긴 다리를 건너며 나는 짜까를 떠올렸다. 베트남 물가에 비해 턱없이 비싸서 자주 먹지 못하는 얄미운 음식이다. 세끼 비용을 한 번에 쏟아부어야 하

니 가난한 여행자는 잠시 주춤할밖에. 여행을 시작한 지 얼마 안
돼서 아직 주머니가 두둑한 날이나 여행의 피로에 지쳐버린 날,
짜까를 먹는 호사를 누린다. 먹을까 말까 망설이다가 결국은 그
식당으로 향하기 일쑤지만 한 번도 후회한 적은 없다.

맛있는 짜까 가게를 찾는 건 아주 쉽다. 구시가지에 가서 짜까라
는 이름의 거리, 포짜까^{Phố Chả Cá}로 가면 된다. 유명한 음식 하나가
아예 거리 이름까지 바꿔버린 것이다. 그 정도로 위력 있는 짜까
니 결코 하노이에서 빼놓으면 안 되는 음식임이 분명하다.

짜까에 쓰이는 생선은 가물치와 비슷한 민물고기인 까랑^{Cá Lăng}이
다. 생선 살만 발라내 생강의 일종인 갈란갈과 강황 등의 양념에
재워 노랗게 물들인 후 우선 석쇠에 한 번 굽고, 기름을 넉넉히 두
른 프라이팬에 초벌로 구운 살을 올려 앉은자리에서 또 한 번 익
히면서 먹는다. 쌀 면인 분, 야채, 땅콩, 소스도 곁들여 나오는데
특히 가느다란 모양의 허브 티라^{Thì Là}는 짜까와 환상적인 조화를
이룬다. 생선의 비릿함을 완벽하게 감싸주는 독특한 향이 짜까의
맛을 한층 돋우고, 맛에 품위를 더해준다.

지글지글 끓는 프라이팬이 테이블에 놓이면 그 위에 야채를 가득
올려 섞는다. 딜과 쪽파가 익으면서 기름 색깔이 노랑에서 연두로
변하기 시작한다. 분을 따로 덜고 그 위에 생선 살과 야채를 얹으

면 연두색 기름은 어느새 분을 곱게 물들인다. 아름답게 물든 국수와 생선 살과 야채를 한입에 넣으면 여행자의 몸과 마음도 어느새 싱그럽게 물든다.

참, 이 식당에선 외국인 여행자에게 느억맘 소스만 주는 경우가 있다. 짜까의 진가는 현지인들이 먹는 맘똠 소스를 더해야 드러난다. 처음엔 적응하기 어려운 소스지만 현지의 맛에 도전해보고 싶다면 이 말을 꼭 기억해두자.

씬 솟 맘똠 Xin Sốt Mắm Tôm.

맘똠 소스 주세요.

즐거운 소란이

가득한
국수

분보남보Bún Bò Nam Bộ

여행지로 떠나는 기차 안과 도시로 향하는 기차 안. 똑같은 데시벨의 소음 혹은 침묵이라도 분명 그 느낌은 다르다. 떠나는 기차 안에서는 고요함 속에서도 설렘과 흥분이 느껴지지만 돌아가는 기차 안에는 왠지 모를 아련함과 쓸쓸함이 흐른다. 시끄러운 수다에도 아쉬움이 묻어 있다.

국수도 그렇다. 어떤 국수는 떠나는 기차 안을, 어떤 국수는 돌아가는 기차 안을 연상시킨다. 때로는 잔칫집 같은 국수를, 때로는 말 없는 사람 같은 국수도 만난다.

하노이에서 분보남보 하면 누구나 항자Hàng Da 시장 앞 국숫집을

제일 먼저 댄다. 이곳에는 마치 어딘가로 떠나는 기차 안처럼 즐거운 소란이 가득한 국수가 있다.

볶은 소고기와 숙주, 상추, 그리고 땅콩이 들어가는 분보남보는 비빔국수다. 주문을 하면 바로 소고기를 자작하게 볶아 국수 위에 얹고, 볶은 땅콩과 얇게 저며 튀긴 샬롯을 아낌없이 올려준다. 비빔국수지만 막 볶은 소고기의 육즙이 국수를 적당히 데워줘 차갑지 않다. 함께 씹히는 고소한 땅콩과 바삭한 샬롯은 입 안에서 경쾌한 춤을 춘다. 분보남보가 나를 들뜨게 한다. 마치 여행을 떠나는 기차 안처럼.

Bún Bò Nam Bộ

잠시

길을 잃어도
좋습니다

도시마다 유명한 거리가 있다. 이름만 들어도 가고 싶어지는 세계의 거리들. 여행자들은 카오산 로드로, 샹젤리제 거리로, 브로드웨이로 떠난다. 베트남에도 그런 거리가 있다. 그 규모부터 보통 거리와 다르다. 자그마치 36개의 거리가 하노이의 상징인 호안끼엠 호수 북쪽에 옹기종기 모여 있다. 미로 같은 이 매혹적인 거리를 걸어보지 않았다면, 100년이 넘은 건물들이 남아 있는 그곳에서 한 번쯤 길을 잃어보지 않았다면, 하노이를 제대로 보지 않은 것이나 다름없다. 나처럼 길치인 사람은 물론이고 길을 잘 찾는 사람도 당황하게 되는 곳, 그러나 길을 잃어도 마냥 신기하고 즐거운 곳이 36거리다.

36거리는 11세기 리 왕조가 왕궁에서 사용할 물건을 손쉽게 구하기 위해 전국 각지에서 상인들을 모으면서 형성됐다고 전해진다. 이 설에 신빙성을 더하는 것은 바로 거리 이름이다. 거리 이름의 절반 이상이 물건 이름에서 따온 것이니 말이다. '물품'이라는 뜻의 '항Hàng' 뒤에 그 거리에서 파는 물건 이름이 붙어 있는 식이다.

두부를 팔던 항더우Hàng Đậu 거리, 젓갈을 팔던 항맘Hàng Mắm 거리, 면을 팔던 항분Hàng Bún 거리, 닭을 팔던 항가Hàng Gà 거리, 신발을 팔던 항저이Hàng Giấy 거리, 부채를 팔던 항꾸엇Hàng Quạt 거리, 설탕을 팔던 항드엉Hàng Đường 거리, 계란을 팔던 항쯩Hàng Trứng 거리, 바나나를 팔던 항쭈오이Hàng Chuối 거리, 소금을 팔던 항무오이Hàng Muối 거리 등 크고 작은 길과 길이 얽히고설켜 묘하게 만난다. 이제는 거리 이름과 파는 물건이 일치하지 않는 곳이 더 많지만 여전히 이름 그대로 대나무와 금은 세공품을 파는 항째Hàng Tre와 항박Hàng Bạc 거리를 지날 때면 마치 옛날로 돌아간 듯하다. 빠르게 변하고 있는 하노이지만 여기 36거리만은 예외다. 36거리의 시간은 천천히 흐른다.

국수 여행을 하는 내게 36거리는 베트남의 거의 모든 국수들을 만날 수 있는 곳이다. 그리고 36거리에서 먹는 국수는 운치 있는 배경 덕분인지 더 맛있다.

36거리를 걷자. 에라, 길을 잃자.

그 많고 많은 베트남 국수들을 맛볼

절호의 기회다.

하노이 냄새의

정체를
밝히다

분짜Bún Chả

나라마다 도시마다 그곳을 감싸고 있는 독특한 향이 있다. 그 향은 어쩌면 도시의 역사이기도 하고, 그 도시에서 살아간 사람들의 역사이기도 할 것이다. 헤아릴 수 없는 수많은 시간이 도시 구석구석 스며 있다가 여행자의 후각을 자극하고, 그의 기억 어딘가에 저장된다. 까맣게 잊고 지내다 오랜만에 그 도시에 도착했을 때, 냄새는 순식간에 모든 기억을 환기시킨다.

베트남의 도시들에도 그곳만의 향이 있다. 어느 골목에서는 느억맘 달이는 냄새가 진하게 풍겨 오고, 호아쓰아Hoa Sữa 꽃이 핀 거리에는 어떤 향수보다도 향긋한 내음이 번진다. 내가 살던 호찌민의 아침 골목에는 태양의 냄새가 나는 듯했다. 천 년의 도시 하노이

의 향은 뭐랄까. 비가 내리기 전 습기를 머금은 대기의 냄새, 비가 몇 방울 떨어진 후 올라오는 흙냄새, 그리고 숯불을 피우는 탄의 향이 섞여 있다. 숯불에서 피어오르는 연기는 하노이의 풍경으로 이어진다. 무대 위 환상적인 효과를 연출하는 드라이아이스처럼 점심 무렵의 하노이를 자욱하게 만들며, 맛있는 냄새를 실어 나른다. 그게 바로 하노이의 냄새다. 그 냄새를 따라가면 분짜를 만날 수 있다. 분짜를 만들기 위해 길거리에서 탄을 피우고, 다진 돼지고기로 빚은 완자와 삼겹살을 석쇠에 지글지글 굽는다.

뭐니 뭐니 해도 분짜의 가장 큰 매력은 직화에서 비롯된다. 불 맛을 풍기는 고기에 달콤한 소스가 살짝 스미면 그야말로 입 안에서 살살 녹는다. 동남아시아 음식에 적응하기 힘들다고 말하는 사람도 한 입만 먹어보면 앉은자리에서 두 그릇도 먹게 되는 음식이 바로 분짜다. 하노이를 여행한다면 누구나 한 번쯤 분짜 냄새와 연기에 꼼짝없이 이끌리게 될 것이다. 숯불에 굽는 맛있는 냄새와 연기에 사로잡혀 결코 그냥 지나칠 수 없을 것이다. 어느 길모퉁이에 작은 선풍기가 놓여 있다면, 탄을 피우고 있다면, 석쇠에 무언가 굽고 있다면 일단 못 이기는 척 들어가라. 한번 맛보면 뿌리칠 수 없는 맛이 거기에 있다.

비밀스런

통로 끝에서
은밀하게

분리에우*Bún Riêu*

하노이 구시가지에는 차를 타고 쓱 지나가면서는 절대 볼 수 없는, 걸어 다닌다 해도 주의를 기울이지 않으면 결코 눈에 띄지 않는 것이 있다. 가게와 가게 사이, 건물과 건물 사이, 햇살 강한 날엔 그림자가 더 짙어져 끝이 잘 보이지도 않는 좁고 긴 틈. 겨우 한 사람만 간신히 드나들 수 있는 길이다.

골목이라는 표현도 별로 어울리지 않을 만큼 좁고 긴 통로를 따라 들어가면 또 다른 세상이 펼쳐진다. 갑자기 공간이 확 트이면서 어느 집 마당이 나타나기도 하고, 비밀 아지트 같은 카페가 모습을 드러내기도 한다. 깐깐한 할머니의 지휘 아래 바인짱을 만드는 가게도 그 안에 숨어 있었다. 발소리를 죽이고 가만가만히 통로를 따라 들어가 안의 풍경을 엿보고 나오면, 그곳이 진짜 세계고 환한 밖이 오히려 가상인 것처럼 느껴진다.

때론 길거리 국숫집들이 그 멋진 통로를 감춰버리기도 한다. 통로 끝에 커다란 솥을 놓고 국수를 말아주는 주인이 입구를 막고 앉아 있어 이방인들 눈에는 잘 띄지 않는다. 일부러 자기들만의 세상을 눈치 못 채게 하려는 듯이 말이다. 내가 좋아하는 분리에우 가게도 구시가지의 어느 비밀스런 통로 끝에 있다. 의자를 내놓지 않았다면 국숫집이 있는지도 모르고 지나쳤을 것이다. 입구 폭이 1미터가 될까 말까 한, 상점과 상점 사이 좁디좁은 공간에서 은밀하게 분리에우를 팔고 있다. 손님들은 양쪽 상점 앞에 주차해둔 오토바이와 오토바이 사이, 역시 1미터도 안 되어 보이는 자투리 공간에 앉아야 한다. 플라스틱 테이블조차 펼칠 수가 없어서 낮은 의자 두 개를 주면 한 개는 앉는 데 쓰고, 한 개는 그릇을 놓는 데 쓴다. 신기한 건 그 규칙이 하나도 불편하지 않다는 것이다. 국수가 나오면 내가 옹색하게 앉아 있다는 것조차 잊게 된다. 낮은 의자에 쭈그리고 앉아 먹는 분리에우는 그저 맛있기만 하다.

리에우Riêu는 독특한 형태의 식재료로, 아주 작은 양만 더해도 국물의 맛을 장악해버리는 힘이 있다. 강에서 잡히는 작은 게를 껍질째 갈아서 물에 끓이면 몽글몽글 뭉치면서 물 위에 떠오르는데, 게 껍질 때문에 진한 갈색을 띤다. 마치 거품을 굳혀놓은 것 같은 모양새에 예상과 달리 단단하지 않고 약간 포슬포슬한 식감이다. 게살의 고소한 비릿함과 토마토 베이스의 새콤한 국물이 묘하게 어우러져 아주 독특한 맛을 낸다.

야채를 내는 방식도 다르다. 다른 국수를 먹을 때는 야채를 그대로 내주는데 분리에우 집에서는 채 썬 야채들을 한데 섞어 바구니에 담아준다. 그러니 싫어하는 향채를 골라낼 수도 없다. 평소 좋아하는 향채만 골라 먹는 나도 분리에우를 먹을 때면 편식하지 않는 착한 아이가 된다. 이상하게도 그렇게 먹으면 싫어하던 향채도 전혀 거슬리지 않는다. 갖은 야채들의 풍성한 어울림은 분리에우를 먹는 또 하나의 묘미다.

비밀스런 통로 끝에서 만들어주는 훌륭한 분리에우를 먹으며 나는 스파이가 된 듯한 착각에 빠진다. 국수를 먹는 척하며 통로 속 비밀을 파헤쳐야 하는데 그만 분리에우 맛에 푹 빠져 본분을 까맣게 잊고 만 대책 없는 스파이 말이다.

투명하고

쫄깃한
크리스털

미엔르언Miến Lươn

얼핏 보면 좀 무시무시하다. 하얀 실타래 같기도 하고, 얇은 나일론 끈 같기도 하고, 꼭 귀신 머리카락 같기도 한 이상한 뭉치를 잔뜩 실은 오토바이가 지나간다. 워낙 높게 쌓아서 뒤에서는 운전자가 보이지도 않는다. 엄청나게 무거울 것 같아 내가 다 조마조마하다가도 덩치만 컸지 가벼운 미엔Miến인 걸 확인하면 바로 안심이 된다. 색깔도 다양한 미엔들을 어느 가게로 배달 중일까? 저 오토바이를 따라가면 왠지 유명한 국숫집이 나올 것만 같은데 어느새 오토바이는 쌩 하고 사라졌다.

오토바이가 싣고 간 미엔은 매끈함과 쫄깃함을 겸비한 베트남 당면이다. 시장 잡화점 어디에나 쌓여 있는 색색의 미엔. 우리 당면

은 주로 고구마 전분으로 만들지만 베트남 당면에는 여러 식물의 뿌리까지 들어가 회색, 미색, 흰색까지 색깔과 종류도 다양하고 그만큼 미엔으로 만드는 국수 요리도 많다. 닭 육수에 미엔을 말아서 먹는 미엔가, 미엔에 게살을 얹어서 먹는 미엔꾸어Mién Cua뿐 아니라 실장어가 들어가는 미엔르언도 있다.

실장어라 해도 놀랄 필요 없다. 보통은 튀겨서 사용해서 오징어 튀김 같기도 하고, 과자 같기도 해 실장어인지 알기 어렵고 눈치채더라도 고소한 그 맛에 반해버리고 말 것이다. 게다가 장어는 몸에도 좋으니 먹어볼 기회가 있다면 놓치지 말자.

사람들은 튀긴 실장어를 볶은 미엔과 함께 먹거나, 데친 미엔에 비벼 먹거나, 미엔에 육수를 부은 뒤 고명으로 얹어 먹는다. 미엔은 볶으면 기름이 얇게 입혀져 반짝반짝 더 매끄러워지고, 국물에 담그면 더 투명해진다. 당면을 영어로 '크리스털 누들'이라고도 부른다더니 볶은 미엔르언은 정말 수정처럼 맑고 투명하다.

평소에는 국물 있는 국수를 더 좋아하지만 미엔르언은 볶음으로 먹는 게 더 맛있다. 계란과 함께 볶아 레몬색을 띤 미엔과 그 위에 얹은 푸른색 야채들, 그리고 한편에 놓인 실장어 튀김. 이 모든 걸 품고 있는 작은 접시가 예쁘고 소담스럽다. 조금은 익숙하고 조금은 낯선 맛의 미엔르언. 실장어 몇 마리 먹었다고 힘이 갑자기 불

끈 솟는 건 아닐 텐데 기분도 몸도 가뿐해진다.

어떤 사람은 당면을 최고의 면으로 꼽는다. 국물을 흐리지 않으며, 매끄러운 식감과 무색무취한 성격이 어떤 음식과도 잘 어우러진다고. 나도 전적으로 동의한다. 보관하기도 좋아서 언제 어디서든 쉽게 먹을 수 있는 미엔은 신선한 생면에도 결코 뒤지지 않는 매력이 있다. 밀가루 면이 기분을 좋게 만들어 사람들을 사로잡는다면 미엔은 투명한 외모에 산뜻하고 경쾌한 식감으로 유혹하는데, 나는 늘 그 유혹에 넘어가고 만다.

계피 향 국수가

있는
아침

분 목 Bún Mọc

모든 일이 그렇듯 사람도 음식도 '때'가 있다. 어떤 계기로 인해 하루아침에 습관이 바뀌고, 누군가를 만나 삶 전체가 흔들리고, 늘 피하던 음식이 갑자기 좋아지기도 한다. 그렇게 어느 날 나는 '계피'를 알게 되었다.

계피라는 이름에 대해서는 전 세계 사람들이 같은 질량의 느낌을 갖고 있지 않을까. '계피'라고 발음해도 '시나몬'이라고 발음해도 머릿속에는 똑같이 화하고 톡 쏘는 향긋함이 연상되니 말이다. 베트남어로는 '꾸에Quế'라고 하는데, 이제는 '꾸에'라는 발음만 들어도 맛있는 카푸치노를 마실 때처럼 기분이 좋아진다.

계피 향을 싫어하는 사람이 있을까. 계피에서는 왠지 모를 이국의 냄새가 난다. 어릴 적 처음 맛본 계피 사탕은 낯설면서도 거부할 수 없는 매력이 있었다. 어른이 되어 카푸치노를 맛봤을 때는 신세계를 만난 듯했다. 하얀 거품 위에 뿌려진 갈색 가루는 매번 나를 어느 먼 나라의 노천 카페로 데려다 놓았다.

많은 사람들에게 낯선 도시에서의 삶을 꿈꾸게 한 영화 〈카모메 식당〉. 작은 음식점을 꾸리는 여자와 그곳에서 만난 친구들의 이야기다. 영화 개봉 이후 영화 속 음식을 파는 식당들이 생길 정도로 사람들의 관심은 뜨거웠다. 나 역시 거기에 동참했다. 여자는 손으로 꼭꼭 오니기리를 빚고, 시나몬롤을 굽고, 커피를 내렸다. 나는 시나몬롤을 유난히 좋아했다. 화면에서 냄새가 전해지는 듯 영화를 보는 동안 코끝에서 계피 향이 떠나지 않았다. 그 후에도 오랫동안 빵을 고를 때면 시나몬롤에 가장 먼저 손이 갔다. 계피는 그렇게 내게 점점 가까이 왔다.

카모메 식당에 시나몬롤이 있다면 하노이에는 분목이 있다. 나는 감히 시나몬롤로 시작하는 아침에, 카푸치노가 있는 아침에, 이 국수로 도전장을 내민다. 국수에 계피 향이라니 얼마나 근사한 조합인가. 아침 국수로 많이 먹는 분목에서는 진짜 계피 향이 난다. 분목 위에 올라간 동그라미, 네모, 세모 모양의 소시지 중 유독 노란색 소시지에서 말이다. 곱게 간 돼지고기에 목이버섯과 계피를 첨가해 만든 이 소시지 때문에 국물에도 계피 향이 연하게 스며 있다. 카푸치노와 시나몬롤이 있는 아침도 멋지지만 이제는 이 계피 향 국수가 있는 아침이 더 좋다.

헤어진

다음 날의
국수

분탕·Bún Thang

이별 후에 무엇을 먹어야 할까 생각해본 적이 있다. 헤어진 그날에는 아무것도 넘기지 못한다 하더라도 사람이란 존재는 간사해서 곧 허기를 채울 무언가를 찾는다. 그것이 진짜 배고픔에서 기인하든 마음의 허기에서 비롯되든 말이다. 바로 그때, 아직은 무언가를 만들어 먹을 힘은 없지만 어김없이 배가 고파와 당혹스러울 때 국수만큼 어울리는 음식은 없을 것이다.

아침 7시, 간판도 제대로 보이지 않는 어떤 식당으로 실연당한 사람들이 모이는 이야기를 담은 소설이 있다. 깊은 슬픔에 빠진 사람들이 서로를 위로하는 소설을 읽으며 나는 그들이 조찬 모임에서 먹는 음식에 유독 관심이 갔다. 지금은 정확히 기억나지 않지

만 분명 속을 편안하게 만들어줄 것 같은 음식들이 테이블에 앉아 있는 사람들 앞에 하나씩 놓였던 것만은 확실하다. 그 부분을 읽으며 나는 국수를 떠올렸다. 정말 깊은 상처를 남긴 실연 후라면 소설 속에서처럼 그렇게 여러 음식에, 다양한 반찬에 젓가락을 가져갈 기운은 없을 것 같았다. 묵묵히 젓가락질만 하면 되는 국수라야 잠시라도 실연의 현실을 잊게 할 수 있지 않을까 생각했다.

그동안 먹어본 수많은 국수 중에 나는 헤어진 다음 날의 음식으로 이 국수를 처방한다. 물처럼 순수하고 맑게 우려낸 닭 육수에 정성스럽게 만든 고명을 얹은 분탕. 겉모습은 단순해 보이지만 만드는 데 공이 많이 들어 가정집에서는 잘 해 먹지 않는 국수다.

분탕이 순하게 몸으로 스민다. 슬픔을 맵고 독한 자극으로 잠시 덮을 수도 있겠지만 덤덤하게 다독여줄 수도 있다. 분탕을 먹다 혹 눈물이 한 방울 떨어진다 해도 걱정 없다. 맑은 국물이 고스란히 받아줄 테니. 눈물이 섞인다 해도 아무도 모를, 눈물처럼 맑은 국물이 아무런 티도 나지 않게 감춰줄 테니.

분탕의 탕Thang은 우리말의 약탕처럼 한약재를 넣어 오래 끓였다는 뜻이다. 그 옛날의 분탕은 어땠을지 모르겠지만 오랜 세월을 거쳐 현재의 분탕은 담백한 일상의 국수로 정착했다. 진한 표고버섯의 향이 탕의 어원을 지키고 있을 뿐이다. 분탕에 담긴 살뜰한 정성은 고명에서 드러난다. 달걀, 베트남 소시지 짜Chả, 표고버섯을 얇게 채 썰고, 닭고기도 가늘게 찢는다. 그 어떤 것으로도 부담 주고 싶지 않다는 듯 가늘고 섬세하게, 그리고 풍성하게 얹은 고명이 슬픔을 이겨낼 기운을 조용히 전한다. 분탕의 맑은 국물을 한 숟가락 떠먹어본다.

아, 뭉클하다.

한없이

부드러운
위로

바인꾸온농 Bánh Cuốn Nóng

사람들은 위로받는다. 저마다의 방식으로 위로를 받으며 살아간다. 누군가는 사람에게서, 누군가는 자연에게서, 누군가는 일에서 얻는 성취감으로 위로받으며 삶을 헤쳐나가고 있다. 그런 위로들이 없다면 우리는 지치고 힘겨운 시간들을 견딜 수 없을 것이다.

이상하게도 나는 국수에게서 위로받는다. 밤새 곤 국물에 만 국수 한 그릇을 후루룩후루룩 비우는 동안, 국수와 내가 만드는 규칙적인 그 소리가, 마치 음악처럼 들리는 그 소리가 나를 안아준다. 아무리 시끄러운 거리에서라도 후루룩 소리에 집중하고 있노라면 마음은 거짓말처럼 평온해진다. 부드럽게 입 안을 간지럽히는 국수, 어린아이도 이가 다 빠진 노인도 먹을 수 있는 국수는 그래서 더 포근하다. 누구에게나 평등한 맛과 감촉을 선사하니 말이다.

어떤 음식은 고운 색과 모양을 감상하느라 눈으로도 먹는다지만 바인꾸온농만은 눈을 감고 먹어도 좋다. 바인꾸온농의 보드라운 감촉이 먹는 내내 아련한 행복감에 젖게 한다. 각별한 부드러움이 선사하는 위안이다.

바인꾸온농은 만드는 방법 또한 특별하다. 물이 끓고 있는 냄비 위에 얇은 천을 씌우고, 묽은 쌀가루 반죽을 한 국자 떠 천 위에 넓게 펴 바른다. 뚜껑을 덮고 15초 정도 김으로 찌면 끝이다. 이렇게 만든 면에 소를 넣거나 그 자체로 돌돌 말아서 소스*에 적셔 먹는다. 소는 보통 다진 돼지고기와 목이버섯을 볶아서 만드는데 투명한 면에 까만 속살이 비쳐 모양도 매력적이다.

한없이 부드러운 바인꾸온농 한 접시를 비우고 식당을 나서면 날카로웠던 마음이 잠시 누그러진다. '부드러움'의 위로. 그것으로 나는 행복 쪽에 약간 가까워진 기분이 든다.

* 바인꾸온농에 곁들이는 소스

느억맘을 베이스로 한 달콤하고 따듯한 소스다.
단골들은 여기에 특별한 에센스를 한 방울 떨어뜨려 먹는다.
물장군 과의 곤충 까꾸옹^{Cà Cuống}으로 만든 에센스가 더해지면
소스의 향은 놀랍도록 달콤해져 바인꾸온농의 부드러움을
더 오래 기억하게 만든다.

라임처럼

음식의 분위기를 일순간에 바꿔버리는
마법의 라임처럼, 엄지 손톱만 한 금귤처럼
나도 어떤 자리에서 어떤 관계에서
그런 존재가 될 수 있을까.
베트남 국숫집 테이블에 항상 놓여 있는,
없어도 될 것 같지만 막상 진짜로 없으면
국수의 맛도, 국수를 먹는 기분도 허전하게 만드는
라임과 금귤 같은 사람.
그저 사람들 속에 동글동글 섞여 있다가
있는지 없는지도 모르게 조용히 있다가
분위기가 시들해질 때 살짝 나타나
아주 작은 생기라도 더해줄 수 있다면.

새봄의

연두색을
닮다

분죽몽 Bún Dọc Mùng

하노이의 겨울은 여행자들에게 꽤 힘든 계절이다. 그러나 모든 계절이 그렇듯이 하노이의 겨울 역시 그 무렵에만 볼 수 있는 귀한 풍경을 숨겨두고 있다. 며칠이고 잔뜩 흐린 하늘에다가 잦은 비 때문에 운동화가 자꾸 젖어 불평이 절로 나올 때쯤, 하노이의 가장 멋진 계절인 가을에도 볼 수 없는 특별한 풍경으로 여행자의 마음을 달래준다.

음력설을 서너 주쯤 앞둔 하노이 거리엔 꽃들이 바삐 움직인다. 아직 겨울의 끝자락인데 새봄이 자전거를 타고, 오토바이를 타고

씽씽 달린다. 복숭아꽃 가지나 나무를 통째로 화분에 심어 설맞이 장식을 하는 베트남은 거리마다 꽃을 사고파는 사람들로 가득해 우중충하던 풍경이 환해진다. 자전거나 오토바이에 실린 꽃나무를 보면 하노이의 겨울 날씨를 원망하던 마음이 어느새 사라진다. 하노이의 봄은 실제보다 조금 이르게, 마치 환상처럼 아련하게 다가온다.

안개비가 흩날리는 36거리를 걷는다. 이제 설 연휴까지는 일주일이 남았다. 긴 휴가와 봄을 기다리는 사람들의 표정은 한껏 들떠 있다. 오늘따라 복숭아꽃을 파는 사람이 유난히 많다. 비에 살짝 젖은 꽃들에 마음까지 촉촉해진 나는 또 다른 곳에서 봄을 발견한다. 봄은 이미 그 국수에 당도해 있었다.

새봄처럼 싱그러운 국수, 분족뭉. 그릇을 덮고 있는 토란대 족뭉 Dọc Mùng의 상큼한 연두색에 눈이 즐겁다. 족뭉의 매력은 여기서 끝이 아니다. 바람 든 무처럼 성긴 표면이 푸석푸석해 보이지만 씹어보면 의외로 쫄깃하다. 과감한 크기로 어슷하게 썰어 쫄깃함이 배가되고, 그 모양은 국수를 더욱 먹음직스럽게 만든다. 여린 새순 같은 족뭉을 꼭꼭 씹으며 거리를 바라본다. 예쁜 복숭아꽃을 손에 든 아가씨가 행복한 표정으로 돌아가고 있다.

그나저나 설이 코앞이다. 이곳 사람들에게는 더없이 반가운 연휴겠지만 여행자는 슬슬 걱정이 되기 시작한다. 거리의 이 많은 식당들이 한두 주는 문을 닫을 텐데 어디서 끼니를 해결해야 할지…… 하지만 그런 걱정은 잠시 미뤄두기로 하자. 지금은 분족뭉의 맛에 집중해야 한다.

나의 테이블에는 이미 연둣빛 봄이 왔다.
그리고 그 연둣빛은 맛있다.

마음에 찍는

따뜻한
점 하나

미반탄Mi Văn Thân

설날이면 우리 집은 만두를 빚는다. 엄마는 자식들이 올 날짜에 맞춰 며칠 동안 만두소를 차근차근 준비해둔다. 김치, 숙주, 무, 두부와 갖은 양념을 넣고 엄마가 정성껏 버무려둔 소를 맛보는 것으로 우리 집의 설 연휴는 시작된다.

집에 들어서자마자 시작되는 만두 빚기 대장정은 1박 2일 때로는 2박 3일까지 이어진다. 나는 주로 반죽을 밀고 엄마와 동생은 만두를 빚는다. 어릴 때부터 해온 연중행사라 세 모녀는 손발이 척척 들어맞는다. 시간이 지날수록 조금씩 속도가 느려지고, 팔과 허

리가 아파오지만 차곡차곡 쌓여가는 만두를 보며 우리는 빚고 또 빚는다. 서울로 돌아올 때 싸 오는 그 만두는 얼마간 냉동실에 있다가 엄마 대신 배고픈 나를 구해준다. 비닐봉지 안에 담긴 채 얼어 있던 엄마의 정성이 금세 녹아 마음까지 따뜻하게 데워준다.

그래서 나는 만두 하면 겨울과 설날이 떠오른다. 비가 추적추적 내리는 겨울 하노이에 가면 미반탄이 더 생각나는 건 그 때문일 것이다. 베트남 만두 '반탄'[*]은 면의 한 종류인 '미'와 함께 먹는 것이 보통이라 식당에서는 대부분 미반탄, 이른바 '만두 국수'를 판다. 앙증맞은 반탄에 미가 더해져야 비로소 든든한 한 끼가 되기 때문이다. 발음에서 느껴지듯 반탄은 중국 요리 완탕의 영향을 받은 음식으로 지금은 베트남의 대표적인 음식 중 하나가 되었다.

하노이 구시가지 르엉반깐^{Lương Văn Can} 거리에 가면 반탄 피를 쌓아 놓고 파는 장면을 쉽게 볼 수 있다. 계란으로 반죽한 노란색 반탄 피는 정사각형이다. 소를 싸는 방법도 우리와는 좀 다르다. 작은 숟가락으로 피 가운데에 소를 아주 조금만 넣고 주먹을 꽉 쥐면서 숟가락을 빼면 끝이다. 소가 너무 조금 들어가 맛이 날까 싶지만 곱게 간 돼지고기나 새우에서 나오는 육즙이 입 안을 풍부하게 감싼다. 피 자체의 보들보들한 감촉과 고소한 맛은 덤이다. 겨울비 내리는 쓸쓸한 마음에 엄마의 만두를 닮은 반탄이 따뜻한 점 하나를 찍어준다.

* 반탄

호찌민에서는 반탄을 '호아인타인Hoành Thánh'으로
표기하기도 한다.

이렇게

아름다운
국수

분옥쭈오이더우Bún Ốc Chuối Đậu

햇빛을 좋아한다. 베트남 남부 무이네Mũi Né 바닷가의 뜨거운 햇빛을 좋아한다. 눈을 감고 그 빛을 마주하면 감은 눈 속에서도 색이 느껴진다. 눈을 감았어도 검은색이 아니다. 환하고 따뜻하고 화사하다. 색깔을 칠한다면 붉은빛이 도는 짙은 노란색쯤 될 것이다.

고산도시 달랏Đà Lạt의 아침 햇빛도 근사하다. 탄산수처럼 피부에 닿으면 톡톡 터질 것 같은 햇빛. 호찌민에서 달랏까지는 버스로 8시간이나 걸리는 꽤 먼 거리지만 그 햇빛이 좋아 나는 자주 달랏으로 향했다. 그 하나만으로도 긴 시간을 충분히 감내할 만했다.

겨울 하노이는 빛이 귀하다. 일주일에 겨우 하루 정도만 해를 볼 수 있어 겨울 하노이에서 만나는 햇빛은 그 어디에서보다 반갑다.

겨울날 귀한 햇빛을 받아 반짝이는 나뭇잎을 보면 나는 언제나 이 국수를 찾았다. 분옥쭈오이더우. 분은 면, 옥은 우렁이, 쭈오이는 바나나, 더우는 두부니까 우리말로 옮기면 '우렁이 바나나 두부 국수'다. 이렇게 긴 이름을 만든 재료들이 정말로 한 그릇 안에 다 들어 있다. 국물을 내는 주재료인 토마토까지 보태져 토마토의 빨강, 튀긴 두부의 노랑, 야채의 초록, 우렁이의 검정이 완벽한 조화를 만들어낸다.

곁들여 먹는 하얀색 바나나 대와 다양한 야채들을 올리면 국수 그릇은 자그마한 정원이 된다. 중간중간 야채를 넣을 때마다 색이 자꾸 우러나 먹을수록 국물은 점점 더 예쁜 초록으로 변해간다. 그래서 맑은 날에도, 흐린 날에도, 비 오는 날에도 분옥쭈오이더우 그릇 안에는 언제나 알록달록 꽃이 핀다. 국수를 먹는 나는 어느새 정원 한가운데에 서 있다.

Bún Ốc Chuối Đậu

행복도

퐁

퐁

터져라

퍼찌엔퐁 Phở Chiên Phồng

국수의 범주를 어떻게 설정해야 할까?

퍼찌엔퐁이 국수일까 아닐까 고민하다가 국수에 포함하기로 했다.
넓은 쌀 면을 이용해서 만들기도 하거니와 무거운 밥보다는 가벼
운 국수의 속성을 더 많이 지녔기 때문이다.

퍼찌엔퐁의 퐁Phồng은 바퀴에 바람을 넣듯 '동그랗게 부풀린다'는
뜻이다. 퍼찌엔퐁을 봉긋하게 부풀리기 위해 넓은 면을 네댓 겹
쌓은 후 가로세로 3센티미터 정도로 자르고 기름에 튀긴다. 그리
고 그 위에 소고기와 야채를 따로 볶아 척 얹어서 준다.

겉은 바삭하고 씹으면 쫀득한 퍼찌엔퐁을 먹을 때면 말 그대로 기분이 전환된다. 더위에 지치고 일에 지친 오후 무렵, 저녁 식사 때까지는 아직 시간이 꽤 남았을 때, 속이 출출하고 입이 심심할 때 딱인 국수다. 소고기 야채 볶음이 닿은 부분은 소스가 스며 부드러워지고, 소스가 닿지 않은 부분은 끝까지 바삭함이 유지돼 두 가지 식감으로 즐길 수 있어 즐거움도 두 배다. 씹는 소리를 묘사하려고 하니 머릿속에서 '퐁퐁' 두 글자만 맴돈다.

말장난 치고 싶은 이름의 퍼찌엔퐁. 이름처럼 입 안에서 퐁퐁 터지는 듯한 느낌을 주는 퍼찌엔퐁을 먹으면 마치 바닷가에서 친구들끼리 작은 폭죽놀이를 하는 것처럼 즐겁다. 슬프거나 우울하거나 화나는 일이 있었다면 퍼찌엔퐁을 시키자. 그까짓 일쯤은 '퐁' 터뜨려줄 것이다.

저녁을 위한

에너지를
충전하다

퍼 싸오 보 Phở Xào Bò

아침에 필요한 에너지와 저녁에 필요한 에너지는 성격이 다르다.
아침의 에너지가 새로운 하루를 열어줄 수 있는, 뭔가 밖으로 발
산되고 앞으로 나아가게 하는 힘이라면 저녁의 에너지는 그 반대
편에 있다. 낮 동안 밖을 향하던 기운들을 다시 안으로 끌어모으
는 무엇. 무심하게 어깨를 툭툭 치지만 그 무게가 머금고 있는 애
정 덕분에 손길이 닿는 순간 몸과 마음을 느슨하게 풀어줄 수 있
는 힘이다. 그러므로 아침의 국수와 저녁의 국수는 다르다. 아침과
저녁의 국수가 대체 뭔지 찾으려 애쓸 필요는 없다. 이미 여기 사
람들은 아침과 저녁을 달리해, 때마다 완벽하게 어울리는 국수를
먹으며 산다. 우리는 그저 따라 하기만 하면 된다.

아침 국수는 말간 국물과 가벼운 내용물로 위에 부담을 주지 않으면서도 부드럽게 몸을 깨우고 활기를 찾도록 도와준다. 반면 저녁에는 조금 무거운 음식도 좋다. 스트레스를 풀어주는 자극적인 맛도 괜찮다. 하루 동안 쌓인 피로를 날려버리려면 조금 달거나 매워도 나쁘지 않으니까. 저녁에 어울리는 맛은 그래서 쌉싸름한 베트남 맥주를 부른다. 차가운 맥주를 생각나게 하는 것, 그것은 저녁 국수만의 능력이다. 그러므로 저녁엔 매콤 달콤한 볶음 국수가 제격이다. 하루를 무사히 끝마친 내게 뜨거운 국물 요리보다 더 뜨겁게 박수를 쳐주는 퍼싸오보. 나는 오늘도 맛있는 퍼싸오보를 만나러 해 지는 거리로 어슬렁어슬렁 나선다.

베트남의 밤은 낮과는 완전히 다른 모습이다. 만약 당신이 밤을 먼저 만났다면 낮은 좀 심심하게 느껴질지도 모른다. 날이 어두워지고 상점 문이 닫히면 새로운 도시가 나타난다. 그 모습을 보고 있노라면 마치 회중시계를 보는 토끼를 따라 이상한 나라로 들어간 앨리스처럼 어리둥절해진다. 저녁에만 문을 여는 식당들 덕분에 밤거리는 어느새 축제 분위기로 변한다.

어둠이 내리는 시간, 문 닫은 상점 앞에 슬슬 밤의 점령군들이 나타나기 시작한다. 굳게 닫힌 셔터 앞에 나의 저녁 에너지를 충전해줄 식당이 드디어 문을 열었다. 노천 식당이라고 대충 만들어 팔 거란 생각은 오산이다. 순식간에 설치한 거대한 환풍기 앞에서 재빨리 소고기를 볶고, 라우까이[Rau Cải]라고 불리는 야채를 숨이 죽을 정도로만 살짝 볶고, 거기에 미리 볶아둔 면을 넣어 한 번 더 볶아 수분을 날려준다. 이 과정으로 면발은 더 쫄깃해진다. 그냥 먹어도 맛있지만 삭힌 고추 소스를 더해주면 금상첨화다. 입 안에 퍼지는 달콤하고 매콤한 자극에 야채의 신선함까지.

안 되겠다.
아무래도 맥주 한 병 시켜야겠다.

저녁을 위한 에너지가

서서히 몸 안으로 스며든다.

국수가

당신에게로
걸어간다

분더우맘똠 Bún Đậu Mắm Tôm

세상은 빨리 변하고 베트남 역시 예외는 아니다. 베트남에 올 때마다 변화의 속도를 실감하는데 그래도 가인항^{Gánh Hàng}만큼은 여전하다. 그들은 양 끝에 바구니를 매단 긴 막대를 한쪽 어깨에 짊어지고 도시 곳곳을 누빈다. 큰 호텔이나 초고층 빌딩 앞에서도, 아무리 세련되고 고급스러운 거리에서도 주눅 드는 모습이라고는 찾아볼 수 없다. 아무렇지도 않게 유유히 당당히 걸어가는 가인항. 때론 대로변에서 순식간에 작은 식당까지 펼치는 가인항은 그래서 더 멋있다.

언젠가 특급 호텔 앞에서 조개를 파는 가인항 아주머니를 마주친 적이 있다. 먹고 싶은 마음에 아주머니에게 눈짓을 보냈더니 호텔 경비원들은 신경도 안 쓰고 호텔 옆쪽에 가인항을 내려놓고는 금세 작은 냄비에 조개를 삶기 시작했다. 도리어 나는 눈치가 보이는데 아주머니는 아랑곳하지 않았다. 서두르는 기색도 없었다. 오히려 나를 안심시키며 천천히 먹으라고, 노닥노닥 말을 걸어왔다. 어느새 나도 거기가 어디인지도 잊은 채 한참 수다를 떨었다. 게다가 조개 맛은 웬만한 가게보다도 훌륭해서 헤어지기 전에 내일도 이 근처에 있을 거냐고 물었다. 아주머니는 반색하며 아예 약속을 하자고 했다. 자기가 몇 시쯤에 이 앞을 지나가겠다는 것이다. 혹 다른 일이 생겨서 못 나오면 어쩌냐고 했더니 상관없다고 한다. 그렇게 너무나 느슨한 약속을 하고 우리는 헤어졌다. SNS에 그날의 위치를 알리고 장사하는 푸드 트럭들이 넘치는 이 시대에,

이 허술하고도 아날로그적인 약속이 좋아서 나는 다음 날도 호텔 앞에서 당당히 조개를 파는 아주머니를 만났다.

가인항 양쪽에 달린 바구니만으로 손님 맞을 준비는 충분하다. 심지어 손님용 의자까지 착착 쌓아서 가지고 다닌다. 목욕탕 의자보다도 낮은 의자에 엉덩이를 살짝 걸치고 앉으면 이상하게 기분이 좋아진다. 10센티미터도 안 되는 높이에 앉아 지나가는 사람들의 발걸음이나 달리는 오토바이 바퀴를 보며 음식을 먹노라면 왠지 겸손해진다. 음식을 파는 사람도, 먹는 사람도 장난감 같은 의자에 앉아 마치 오래전부터 알던 사람처럼 이야기를 나눈다. 누군가 파는 음식을 사 먹을 뿐인데도 마음이 훈훈해진다.

가인항은 간단한 간식류뿐만 아니라 한 끼 식사가 될 만한 국수들도 팔러 다닌다. 국물이 가득한 냄비를 들고 다니는 모습은 위험해 보이지만 사고가 나는 걸 한 번도 본 적 없으니 너무 마음 졸일 필요는 없다. 문제는 무게다. 국물에, 화로에, 그릇에, 모든 걸 다 어깨에 짊어져야 하기 때문에 국수 가인항은 이동 거리를 최소화할 수밖에 없다. 그래서 보통 한 장소를 정해놓고 파는데 이 국수만은 다르다. 가인항에 특화된 진정한 이동식 음식이자 가인항과 가장 잘 어울리는 국수는 바로 분더우맘똠이다. 국물 있는 국수보다는 비교적 준비물이 적고 가벼워 돌아다니면서 팔기 좋다.

지나가는 가인항을 불러 세우면 거기가 어디든 그곳은 훌륭한 식당이 된다. 작은 의자에 손님을 앉히고, 두부를 튀기고, 빵처럼 뭉쳐져 있는 분을 한 입 크기로 자르고, 오이와 향채를 담는 과정이 일사천리로 진행된다. 맘똠 소스에 뜨거운 튀김 기름을 한 숟가락 정도 넣어주면, 손님이 직접 금귤을 하나 짜 넣고 거품이 날 때까지 젓는다. 진보라색이 라일락꽃처럼 연한 보랏빛을 띨 때까지. 분더우맘똠을 좀 먹어본 사람들은 두부를 맘똠 소스에 푹 적셔 먹는다. 마치 맘똠을 먹기 위해 분더우를 먹는 것처럼 말이다. 두부는 두 종류로 주문할 수 있다. 하나는 튀긴 뒤 자르는 방법이고 또 하나는 자른 뒤 튀기는 방법인데, 기름이 더 많이 스미는 두 번째 두부는 바삭하고 첫 번째 두부는 부드럽다.

손님이 그릇을 비우면 가인항은 의자를 한쪽에 걸고 유유히 다시 어딘가로 떠난다. 눈앞에서 바로 요리해주는 따뜻한 음식이 길거리에 넘치는 나라, 베트남. 멋진 시설을 갖추고 빠르게 달리는 푸드트럭 부럽지 않은 수천 개의 '푸드 가인항'이 여기에 있다. 여행에 지쳐 걷기도 힘들고, 식당을 찾아 헤매기도 싫다면 가만히 그 자리에서 기다려보라. 푸드 가인항이 곧 당신에게로 걸어올 것이다.

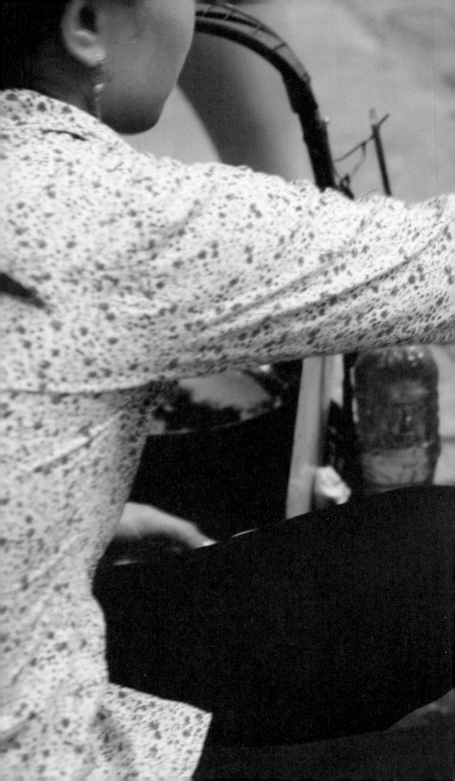

Cao Lầu

Mì Quảng

Bún Cá

Bún Cá Rô

Bún Cá Sứa

Bánh Canh Cá Lóc

Bánh Đa Cua

Phở Cuốn

Bánh Ướt Thịt Nướng

Gỏi Cuốn

Bánh Tráng Trộn

Bánh Tráng

Chapter 03

박하
Bắc Hà

호이안
Hội An

다낭
Đà Nẵng

냐짱
Nha Trang

후에
Huế

하이퐁
Hải Phòng

달랏
Đà Lạt

함께 국수
VS
혼자 국수

여행은 그렇다. 여럿이 함께 가고 싶은 여행이 있는가 하면, 혼자 떠나고 싶은 여행도 있다. 국수도 마찬가지다. 아끼는 누군가와 함께 나누고 싶은 국수가 있는가 하면, 혼자 음미하고 싶은 국수도 있다. 살다 보면 아무에게도 방해받고 싶지 않은 날이 있고, 그런 날에는 혼자 조용히 국수의 심심한 위로를 받고 싶은 것이다.

함께 먹고 싶은 국수는 함께 떠나는 여행과 같다. 나란히 앉아 같은 풍경을 바라보며 소곤소곤 나누는 이야기들이 있고, 야간 버스에서 밀려드는 졸음에 머리가 흔들리면 어깨를 빌릴 수 있고, 좋은 풍경과 맛있는 음식을 추억으로 공유할 수 있다는 것. 그건 지금의 나의 시간을 증언해줄 사람이 있다는 뜻이다. 삶의 증인을 갖게 되는 것만큼 근사한 일이 또 있을까.

나란히 같은 방향을 보고 앉아 국수를 먹는다. 튀긴 빵을 국수 위에 올려주는 다정함, 향채를 잘게 뜯어주고 라임을 짜 넣어주는 세심함, 먼지 폴폴 날리는 길거리 식당의 수저통에서 꺼낸 숟가락을 냅킨으로 닦아서 건네주는 따뜻함이 거기에 있다. 내가 안 먹는 고기를 상대의 국수 그릇에 아무렇지도 않게 옮겨 놔도 되는 사람과 국수를 먹는 건 그 자체로 행복이다.

혼자 먹는 국수도 외롭지 않다. 누구의 시선도 신경 쓰지 않는, 신경 쓸 필요조차 없는 자유롭고 단순한 시간. 나만의 속도로, 나만의 취향대로 국수를 먹는 시간. 국물은 하염없이 천천히, 면발은 게 눈 감추듯 그렇게 나만의 속도로 즐기면 그뿐이다.

나를 모르는 사람들 틈에 섞여 그동안 수많은 사람들이 쓰고 닦고 다시 썼을 젓가락을 꺼내, 어쩌면 한 세대가 지났을 낡은 테이블 위에서 지나간 시간을 먹는다. 국수 가락처럼 기나긴 인생을 생각하고, 인간은 결국 혼자임을 잠시 생각한다.

지금 혼자인가?
국수를 먹으러 가라.

지금 누군가와 함께인가?
국수를 먹으러 가라.

그날에

우리는

세상의 마지막 날이 있다면

그날에 우리는 무엇을 해야 할까?

세상 모든 것이 사라지기 직전,

그날 저녁에 우리는 뜨겁게 국수를 말아주는

어느 작은 식당에 모여 앉자.

뜨거운 국물을 마시며 불안을 멈추게 하자.

그동안 살아오면서 먹은

가장 맛있었던 국수 이야기가 시작되면 우리는,

두려움도 삶의 허망함도 잠시 잊을 수 있을 것이다.

국수의

일

사람이 하는 일이 다 다르듯이 음식도 저마다의 역할이 있다. 그렇다면 뭉근하게 끓인 이 한 그릇의 국수는 어떤 일을 할까?

밥이 하는 우직한 일은 아닐 것이다. 일상을 굳건하게 지탱해주는 것은 분명 밥의 일이다. 밥이 일상이라면 국수는 거기에서 약간은 비껴 있다. 국수는 그리 다를 것도 없는 하루하루에서 잠시 벗어나게 해준다. 함께라면 볼품없는 길거리 식당이라도 좋은, 다정한 사람들의 소박한 외식을 위해 국수는 존재하는 것이다. 우리는 국수에 엄청난 기대를 걸지 않는다. 그래서 국수는 그 조그마한 기대에 전적으로 부응한다. 한 그릇을 비우는 동안, 국수는 한없이 가볍고 말랑말랑한 어떤 것을 마음에 살며시 심어놓는다.

국수에는 이상한 에너지가 있다. 사찰음식을 배울 때 알게 된 단어 '승소僧笑'. 스님들이 붙여주었을 '승소'라는 국수의 별명을 가만히 들여다보면, 묵언 수행을 하던 스님이 국수가 담긴 공양 그릇을 보고 아무도 모르게 짓는 미소가 보이는 것 같다. 그렇게 스님을 웃게 만드는 일. 그것도 국수의 일 중 하나다.

여러 색깔의 면이 있지만 국수는 대부분 하얗다. 색을 들인 면도 예쁘지만 결국 국수는 하얘야 제일 국수답다. 때 묻은 마음까지 씻어주는 듯한 국수의 하얀색. 그래서 국수는 하얗고 깨끗한 하루를 살고 싶다고 마음먹게 하는지도 모른다. 가장 밝게 빛나는 하얀 별처럼 새하얀 국수는 누군가를 다시 반짝이게 할 수 있다.

베트남 북부의 아름다운 고산 마을 박하Bắc Hà. 숙소가 있겠거니 생각해 예약을 안 하고 간 게 화근이었다. 가는 곳마다 방이 없어 어렵게 찾아 들어간 곳은 그야말로 귀곡 산장. 바람조차 막아주지 못하는 엉성한 방에서 추위와 무서움에 바들바들 떨며 긴 밤을 보내고 맞은 아침, 나는 퀭한 눈으로 호텔을 나섰다. 구경이고 뭐고 빨리 다른 도시로 이동해야겠다고 생각했다.

그러나 으스스한 도시에서의 긴장감은 이 장면에서 확 풀어져버렸다. 골목 어귀에 있는 작은 국숫집에서 국수를 먹는 사람들의 뒷모습이 보였다. 작은 그릇에 머리를 파묻고 열심히 국수를 먹던 사람이 고개를 옆으로 돌리는 순간, 행복한 미소가 번진 그의 얼굴을 보았다. 입가에 국수 가락 하나가 붙어 있었지만 옆에 앉은 일행은 할 얘기가 뭐 그리 많고 즐거운지 떼줄 생각은 안 하고 수다만 떨고 있었다. 그 모습을 보자 밤새 얼어붙었던 마음이 순식간에 녹아내렸다. 국수는 그런 힘이 있다. 뜨거운 국물에 국수 가락을 담그면 부드럽게 풀어지는 것처럼 긴장을 해제시킨다. 입 안 가장 보드라운 살갗에 닿는 순수한 감촉은 목을 타고 넘어가 알 수 없는 저 깊은 지점까지 닿는다. 부드러움이 온몸에 퍼지는 순간, 세상에 기죽지 않기 위해 애써 치켜세운 어깨에서 힘이 빠진다.

하긴, 어딜 가나 그랬다. 낯선 도시에 도착하고 나서 한 이틀쯤은 숙소 주변을 돌아보고 골목을 걸어보고 시장도 다녀봐야 경계심이 좀 사라진다. 그러다 우연히 맛있는 국숫집이라도 발견하면 상황 종료다. 긴장은커녕 오래 살았던 동네처럼 편안해진다. 어떤 여행지에서든 도착하면 제일 먼저 국숫집부터 찾아 나서는 것도 그런 이유에서인지 모른다.

마침내 발견한, 손님들로 북적북적한 작은 국숫집에서 나는 비로소 마음의 여장을 풀어놓는다.

무심하지만

깊은

까오러우Cao Lầu

세상에는 꽃 같은 국수도, 바람 같은 국수도, 햇빛 같은 국수도 있다. 그리고 대지 같은 국수도 있다. 거칠고 투박하지만 무엇이든 포용하고 자라게 하는 대지처럼 깊고도 깊은 맛의 국수를 먹으러 나는 호이안Hội An에 간다.

유네스코 세계문화유산으로 지정된 호이안의 구시가지는 베트남 화가들의 그림에 가장 많이 등장하는, 동화 속 세상 같은 거리로 유명하다. 어디를 찍어도 작품이 되는 멋진 풍경이 있는 곳이다. 15세기부터 19세기 초까지 호이안에서는 국제무역이 활발히 이루어졌다고 한다. 오랜 시간 무역의 중심지로서 여러 문화가 융합된 호이안의 역사는 독특한 건축양식과 식문화를 낳았고, 오늘

날까지도 잘 보존되고 있다. 현재 남아 있는 일본교橋와 중국 회관들이 과거의 번영을 증명한다. 지금은 상점으로, 갤러리로, 기념품 가게로 쓰이는 호이안의 아름다운 옛집들 중에는 오래전부터 전해져 내려오는 특별한 국수를 파는 식당도 있다.

국수의 이름은 '높은 층'을 뜻하는 까오러우. 면 이름도 아니고 재료 이름도 아닌 이 불가사의한 이름은 호이안의 건축양식과 관계가 있다고 한다. 특이하게도 호이안의 구시가지에는 이층집이 많다. 예전에는 식당들이 보통 2층에 있어 국수를 먹기 위해 '높은 층'으로 올라가야 해 그 이름이 되었다지만 정확한 유래는 알 수 없다.

까오러우는 간장 양념에 조린 돼지고기, 계란과 밀가루로 반죽해 튀긴 고명과 야채를 얹고, 여기에 소스를 끼얹어 먹는 국수다. 면은 우동 정도의 굵기로 쌀가루와 메밀가루를 섞어 만들어서 식감이 약간 거친 편이다. 면을 반죽할 때 반드시 호이안 어느 골목 깊숙한 곳에 있는 우물에서 길어 올린 물만을 사용한다. 우물물의 독특한 성분이 햇빛에 바랜 듯한 옅은 갈색과 툭툭 끊어지는 식감을 만든다.

나는 뜨거운 국수를 좋아하지만 까오러우를 보면 미지근한 국수도 훌륭할 수 있다는 생각을 하게 된다. 뜨겁지도 않고 자극적이

지도 않은, 심심하면서도 깊은 맛. 다른 어떤 양념도 더하지 않고 면의 감촉 그 자체로 먹는 까오러우. 대부분 음식들이 세월이 흐르면서 더 달아지고 짜지고 자극적인 뭔가를 첨가해 조금은 맛이 변질되지만 까오러우는 맨 처음 만들어 먹은 그때와 달라진 게 없을 것 같다. 호이안이 무역항으로 번성했던 시기에 살았던 누군가가 환생해 지금의 까오러우를 먹는다면, 자신의 전생을 떠올릴지도 모르겠다. 투본^{Thu Bồn} 강이 내려다보이는 2층 어느 식당에서 까오러우를 먹던 그 시절을.

노랑의

명랑한
다독임

미꽝·Mì Quảng

Thương Nhau Múc Bát Chè Xanh.

Làm Tô Mì Quảng Mời Anh Xơi Cùng.

서로 사랑한다면 녹차 한 잔 따라주세요.

미꽝 한 그릇 만들어 같이 먹어요.

벌써 몇 년 전이다. 베트남이 좋아 그곳에서 할 수 있는 일을 찾다
가 베트남 쪽에 영화를 배급하면서 극장을 운영하는 회사를 알게
되었다. 내가 사랑하는 베트남에서 살 수 있다는 희망에 부풀어
서른이 훌쩍 넘었음에도 과감히 인턴에 지원했고 다행히 합격했
다. 극장은 하노이, 호찌민, 그리고 중부에 위치한 다낭Đà Nẵng에 있

었는데 인턴 과정 중 한 달은 다낭의 극장에서 일해야 했다. 다낭은 대도시인 데다가 몇 번 들렀었던 곳이라 생활하기 쉬울 줄 알았다. 하지만 여행이 아닌 일상의 공간으로서의 다낭은 낯설었다. 아름다운 바닷가도 가까워 마음만 먹으면 언제라도 갈 수 있었지만 일이 끝나면 지쳐서 숙소로 돌아가기 바빴다. 작은 극장의 직원들은 친절했지만 저녁이 되면 밀려오는 어둠은 마음을 자꾸 가라앉혔다. 아는 이 없는 다낭은 쓸쓸했다.

그런 나의 하루에 노란 불이 반짝 들어왔다. 노란색을 좋아하는 내게 노란 국수 미꽝이 찾아온 것이다. 미꽝의 미Mi는 면의 종류를, 꽝Quảng은 다낭이 속해 있는 꽝남Quảng Nam 지방을 뜻한다. 보통 미는 밀가루 면을 말하지만 미꽝의 미는 쌀로 만든다. 쌀을 물에 1시간 이내로 담가 반죽에 찰기가 생기지 않도록 하고, 강황을 첨가해서 예쁜 색을 낸다. 고명은 삶은 돼지고기와 살짝 볶은 새우다. 돼지고기 삶은 육수를 베이스로 소스를 만들어 국수에 자작하게 부어서 먹는다. 노란 면 위에 새우와 돼지고기, 거기에 구운 라이스페이퍼나 새우 과자를 곁들이고 땅콩도 부숴 넣는다.

고소한 미꽝에 나는 반해버렸다. 사랑스러운 노랑이 나를 명랑하게 만들어주었다. 미꽝을 발견한 다음부터 다낭이란 도시가 점점 좋아지기 시작했고, 그곳에서의 일상도 여행처럼 설레기 시작했다.

Mì Quảng

생선 국수들의

맛있는 행진

분까Bún Cá
분까로Bún Cá Rô
분까쓰어Bún Cá Sữa
바인까인까록Bánh Canh Cá Lóc

어린 시절을 강원도 산골에서 보낸 내게는 삭힌 홍어나 과메기 같은 바다의 진한 풍미를 지닌 음식에 대한 무한한 경외감이 있다. 그 맛을 태생적으로 자연스럽게 습득하는 행운을 얻은 이들이 때론 부럽다.

아무튼 비린내에 유독 민감해 어릴 적 우유도 잘 마시지 못했던 내가 맘똠, 맘루옥Mắm Ruốc 같은 젓갈이 들어간 베트남 음식들을 잘 먹게 된 건 조금 놀라운 일이다. 앞에서 소개한 분맘, 짜까, 분 더우맘똠 등 진한 젓갈을 베이스로 하는 국수들과 분까, 분까로, 바인까인까록 등 바닷고기와 민물고기를 이용한 베트남의 다양한 생선 국수들은 내 입맛에 새로운 세계를 열어주었다.

내가 적응을 잘한 이유도 있겠지만 어떤 국수들은 요리 과정에서 비린내를 감쪽같이 잡아줘서 누구라도 거부감 없이 먹을 수 있다. 같은 생선 국수여도 지역별로 차이는 있다. 남부의 국수는 대부분 생선 살을 그대로 발라서 얹어주고, 북부는 주로 생선 살을 튀기거나 어묵이나 완자로 만들어 올려준다.

냐짱Nha Trang에서 먹은 분까쓰어는 생선 살과 해파리를 넣었는데도 비린내는커녕 맑고 산뜻한 국물 맛에 놀라움을 금치 못했다. 노란색 꽃을 고명처럼 얹어 먹는다고 해서 찾아간 호찌민 레홍퐁Lê Hồng Phong 시장의 캄보디아 아저씨네 분까는 바다 향이 짙은 국수로 특히 생선 살이 일품이었다. 꽃은 10월에만 나온다고 해서 아쉽게도 꽃 고명 없이 먹고 온 기억이 있다. 후에 음식점에서 주로 접한 바인까인까록은 다른 생선 국수와 달리 분 대신 쫄깃한 바인까인을 사용하고, 국물이 붉다는 차이가 있다.

열대의 바다가 그리운 날엔 다양한 생선 국수들을 떠올린다. 그리고 베트남 남부, 중부, 북부의 바다 중에서 더 보고 싶은, 더 먹고 싶은 바다가 있는 식당으로 향한다.

메콩 강을

닭은
국수

바인다꾸어 Bánh Đa Cua

내가 좋아하는 사람들이 한동네에 모여 가까이 살면 얼마나 좋을까? 어릴 적 나는 가끔 이런 생각을 하곤 했다. 하지만 내가 무슨 대단한 사람이라고 그들이 나를 위해 모여 살아주겠는가. 그런 일은 결코 일어날 수 없겠지만 상상은 언제나 즐거웠다. 그리고 지금, 허무맹랑한 그 바람은 당연히 이루어지지 않았지만 대신 내가 사랑하는 나라들이 한곳에 옹기종기 모여 있는 행운을 얻었다. 베트남, 라오스, 미얀마, 캄보디아, 태국이 모두 인도차이나 반도에 있으니 여행자로서 나는 대단한 행운아다. 다정하게 옆에 붙어 있는, 내가 좋아하는 이웃 나라들로 언제라도 훌쩍 넘나들 수 있으니.

그런데 나는 왜 이 나라들이 좋은 걸까. 어쩌다가 이렇게 이 나라들에 빠져버린 걸까. 내가 내린 결론은 강이다. 인도차이나 반도의 나라들을 관통하는 '메콩 강'. 새로운 도시로 들어설 때마다 설렘에 동반되는 두려움은 짙은 황토색의 메콩 강을 만나면 살며시 가라앉기 시작한다. 강에서 신나게 목욕하는 아이들, 강물을 길어 음식을 만드는 사람들, 강에서 빨래하는 사람들을 만나면 어떤 도시에서도 마음이 놓인다. 메콩 강가를 걷거나 작은 배를 타고 달려도 그렇다. 내가 지금 발 딛고 서 있는 이곳의 사람들도 저 먼 티베트 고원에서 발원해 내려오는 메콩 강물로 농사를 짓고, 고기를 잡고, 그 강물로 키운 야채를 먹고, 같은 강줄기를 바라보며 살아가고 있다고 생각하면 아무리 새로운 도시도 낯설지 않다. 4,000킬로미터가 넘는 거대한 강이 인도차이나 반도를 굽이굽이 흐르는 모습을 떠올리면 모든 도시가 연결되어 있는 느낌이 든다. 메콩은 모든 걸 품어주는 '어머니의 강'이라는 뜻이다.

바인다꾸어라는 이름의 국수를 나는 '메콩 국수'라 부른다. 게살을 얹어 먹는 고소한 맛의 국수는 바인다^{Bánh Da} 면을 사용하는데, 이게 아무리 봐도 넓고 길고 짙은 황토색의 메콩 강을 떠올리게 한다. 붉은 쌀로 만든 넓고 두꺼운 면은 쫀득한 식감이라 다른 베트남 국수에는 없는 또 다른 맛을 안겨준다. 바인다꾸어의 가장 큰 묘미가 여기에 있다. 도톰하고 질감 있는, 투박하면서도 쫄깃한 면발은 과연 하이퐁^{Hải Phòng} 사람들이 소리 높여 자랑할 만하다.

돼지 뼈와 게로 우려낸 국물에 튀긴 두부, 게살, 생선 살, 베트남 사람들이 가장 많이 먹는 야채 라우무옹_{Rau Muống}까지 고명이 유난히 풍성한 바인다꾸어는 한 그릇 속에 한 끼의 영양을 균형 있게 담고 있다. 인도차이나 반도에 사는 이들이 저마다의 삶을 꾸려갈 자양분을 얻는 메콩 강처럼.

선물 국수들의

포장을
풀다

퍼꾸온Phở Cuốn
바인으엇팃느엉Bánh Ướt Thịt Nướng
고이꾸온Gỏi Cuốn

선물은 그냥 내미는 법이 없다. 그냥 준대도 아무런 문제가 없지만 사람들은 보통 내용물을 살짝 감춘다. 받는 이에게 궁금증과 설렘까지 안겨주고 싶은 마음일 것이다. 한 겹 감싸는 것만으로도, 리본 하나 묶는 것만으로도 '서프라이즈'의 힘은, 선물의 매력은 더 커진다.

어떤 음식은 그 자체로 선물이다. 넓게 펴서 쪄낸 동그란 바인짱을 면발 형태로 자르지 않고 그대로 이용해 만든 이 음식들은 선물처럼 내 앞에 놓인다. 작은 손수건만 한 바인짱을 펼치고 그 안에 맛나고 향긋한 것들을 넣어 돌돌돌 말아서 주는 이 세 가지 음식에 나는 '선물 국수'라는 별명을 붙였다. 재료를 고이 감싸는 바인짱은

마치 쌀쌀한 날 시린 무릎을 따뜻하게 덮어주는 담요 같다.

선물 국수는 베트남 남부, 북부, 중부에 사이 좋게 하나씩 있다. 한국의 베트남 식당에서도 흔히 먹을 수 있는 고이꾸온은 남부의 선물이다. 고이Gỏi는 '감싸다', '포장하다'는 뜻이고, 꾸온Cuốn은 '돌돌 말다'라는 뜻으로 안에 삶은 돼지고기와 새우가 들어간다. 북부 대표 퍼꾸온과 중부 대표 바인으엇팃느엉은 소고기를 쓴다. 퍼꾸온은 소고기를 볶아서 상추, 고수와 함께 싸고, 바인으엇팃느엉은 구운 소고기에 숙주 등의 야채를 넣어서 싸는데, 젓갈 맘루옥에 살짝 재운 고기에서 독특한 향이 난다. 고이꾸온은 말린 바인짱을 적셔서 사용하지만 퍼꾸온과 바인으엇팃느엉은 건조하지 않은 바인짱을 사용한다는 특징이 있다.

하노이 쭉박Trúc Bạch 호수 근처, 응우싸Ngũ Xã 거리에 가면 퍼꾸온 가게들이 모여 있다. 주문하면 바로 옆에서 만들어주는데 자기들끼리 즐겁게 수다를 떨며 퍼꾸온을 말고 있는 사람들을 보면 나도 거기에 껴서 퍼꾸온을 예쁘게 말고 싶어진다. 퍼꾸온을 도시락에 차곡차곡 담아 어딘가로 소풍 가고 싶어진다.

예쁘게 포장한 선물을 소스에 푹 찍어 한입 크게 베어 문다.

선물 포장이, 맛있는 봉인이 드디어 풀렸다.

베트남의 젊은

입맛을
사로잡다

바인짱쫀 Bánh Tráng Trộn

'뭘 팔기에 저렇게 애들이 많지?'

몇 번을 지나만 다니다가 아무래도 궁금해서 들어간 집은 국수계의 별종, 바인짱쫀 집이다. 나는 은근슬쩍 아이들 틈에 껴 앉았다. 바인짱에 간이 짭조름하게 배어들어 입맛을 확 당긴다. 시큼한 망고와 향긋한 육포, 땅콩 등 아기자기한 맛을 즐기는 재미도 있다. 아이들의 재잘거림 같은 바인짱쫀. 국수라고 하기에도 아니라고 하기에도 애매한 요 음식의 인기가 나날이 높아지고 있다.

마른 바인짱을 가위로 툭툭 잘라 베트남식 소고기 육포, 푸른 망고, 메추리알, 오징어채, 땅콩, 향채 라우람Rau Răm을 올린 뒤 간장과 느억맘, 고춧가루, 식초, 설탕을 섞은 양념을 넣어서 무치면 바인짱쫀이 완성된다. 바인짱은 대나무로 엮은 채반에 말려서 격자무늬가 자연스럽게 새겨지는데 넓게 툭툭 자른 면에 그 자국이 얼핏 보인다. 바인짱의 재미있는 변주가 아이들에게 제대로 통한 것 같다. 국수 천국 베트남에서 태어난, 어찌 보면 좀 장난스러운 바인짱 무침이 얼마나 대단할까 싶었는데 가게로 속속 밀려드는 아이들을 보니 우습게 보면 안 되겠다.

그렇게 안면을 트고 보니 바인짱쫀의 인기는 하노이에서뿐만이 아니었다. 호찌민에서도 달랏에서도 만만치 않았다. 특히 하교 시간 교문 근처에서 학생들의 열렬한 지지를 받으며 바인짱쫀 가게는 대성황을 이룬다. 호찌민 시 5군에 있는 쩌런Chợ Lớn 시장 근처에 가면 길을 따라 늘어선 간식 수레들을 볼 수 있는데 대부분이 바인짱쫀을 팔고 있다. 미리 가위로 잘라둔 바인짱쫀을 비닐봉지에 담고 눅눅해지지 않도록 공기를 넣어 부풀려둔 수십 개의 바인짱쫀 봉지들. 풍선처럼 부푼 값싸고 맛있는 봉지들이 시장에 온 사람들 마음까지 한껏 들뜨게 한다.

베트남의 하루에

꼭 들어 있는
그것

바인짱 Bánh Tráng

베트남에서 살던 3년 남짓한 시간 동안 내가 바인짱을 접하지 않고 지나간 날이 있었을까. 하루에 적어도 한 번은 바인짱과 함께 나오는 음식을 그리고 바인짱 그 자체를 먹었으니까. 바인짱이라고 해도 모두 똑같은 것은 아니다. 두께에 따라, 말린 정도에 따라, 토핑에 따라, 양념에 따라 맛도 느낌도 다른 수십 가지 바인짱이 있어 나의 베트남 생활은 지루할 새가 없었다.

한국에서도 흔히 볼 수 있는 바싹 말린 라이스페이퍼도 있고, 건조한 뒤 살짝 굽고 다시 이슬을 맞힌 촉촉한 라이스페이퍼도 있다. 물을 바를 필요가 없는 촉촉한 바인짱은 주로 쌈으로 먹을 때 쓴다. 베트남식 부침개 바인쌔오 Bánh Xèo, 돼지고기 꼬치구이, 삶은

돼지고기, 생선찜 등 어떤 음식이든 바인짱에 얹고 베트남의 풍부한 채소를 넣어 싸 먹기 시작하면 배가 불러도 끝없이 들어간다.

하노이에 많은 적갈색의 바인다, 남쪽 떠이닌Tây Ninh 성 짱방 지방의 이슬을 맞혀 부드러운 바인짱 퍼이스엉Phơi Sương, 야자나 녹두를 넣어 달콤한 젤리 같은 바인짱 등 각 지방마다 독특한 바인짱들이 있다. 어떤 종류의 쌀을 사용하는지, 물에 몇 시간을 담갔다가 빻는지, 어떤 재료로 색을 내는지에 따라 바인짱의 촉감과 맛이 달라진다.

참깨나 검은깨를 뿌려서 말린 바인짱, 마른 새우와 고춧가루 양념을 살짝 뿌린 바인짱 등은 구워서 샐러드에 곁들이거나 그 자체로도 많이 먹는다. 쌈으로 먹는 바인짱보다 약간 두꺼워서 숯불에 구우면 뻥튀기처럼 부푼다. 마른 바인짱을 가위로 잘라서 면처럼 만든 뒤 육포와 채 썬 망고나 파파야를 넣어 무쳐 먹기도 한다. 이게 앞서 소개한 바인짱쫀이다. 바인짱에 돼지고기와 새우, 야채를 싸서 먹는 고이꾸온, 돼지고기나 게살을 야채와 함께 다져 바인짱에 싸서 튀기는 냄Nem도 바인짱이 없다면 존재할 수 없는 음식들이다.

오후가 되면 길거리에 간식을 파는 상인들이 지나다닌다. 여학생, 직장인 아가씨 들은 잠깐 거리로 나와 옹기종기 모여 앉아 바인짱으로 만든 간식들을 사 먹곤 한다. 가끔 나도 그 안에 섞여 구운 바인짱을 먹었다. 특히 달랏에서 시작되었다는 바인짱느엉Bánh Tráng Nướng은 바인짱 위에 으깬 메추리알이나 계란이 들어간 매운 양념 을 발라서 구워 먹는 별미다. 프랑스에 크레이프Crêpe가 있다면 베트남에는 바인짱느엉이 있다.

경제가 급속하게 발전하면서 베트남인들의 식생활 또한 변하고 있다. 패스트푸드점이 곳곳에 생기고 다양한 외국 음식과 퓨전 음식도 흔히 접할 수 있지만, 가지각색의 바인짱은 결코 그들 곁에 서 사라지지 않을 것이다. 여전히 시장과 거리에선 다양한 바인짱 을 팔고, 오후가 되면 바인짱으로 만든 간식을 먹는 사람들로 붐 비며, 바인짱에 싸 먹어야 제맛인 음식들이 가득하니 말이다.

국수라는 단어가

없는
나라

이렇게 사랑스러운 국수들이 온 도시에 가득한 베트남.

그러나 아이러니하게도 베트남에는 정작 '국수'라는 단어가 없다.

가늘고 긴 면발로 만든 음식을 아울러 이르는 말이 따로 없다.

국수가 베트남어로 뭐냐고 물으면 사람들은 당황한다.

'퍼'라고 부른다더니 '분'이라고도 했다가 '바인까인'이라 말하고

스스로도 하나의 단어로 정의할 수 없다는 데 놀란다.

혼자서 그 이유를 짐작해본다.

퍼는 퍼고, 분은 분이고, 바인까인은 또 바인까인이기에

'국수'라고 얼버무릴 수 없는 거라고.

각각의 존재와 특별함을 하나로 뭉뚱그릴 수 없는 거라고.

국수 점을

치다

이스탄불에서는 커피 점을 친다고 들었다.
커피를 다 마신 뒤 잔에 남아 있는 가루의 모양새로
운명을 점치는 멋진 풍습이다.
아무것도 남기지 않고 깨끗이 비운 나의 국수 그릇을 보며
저쪽 테이블에 앉아 국수를 먹고 있는 사람들의 모습을 바라보며
이스탄불 사람들이 커피 점을 치듯 내 마음대로 국수 점을 쳐본다.
자, 나의 엉터리 점괘가 나왔다.

국숫집 주인이 만들어준 그대로
따로 양념을 더하지 않고 순수하고 담백하게 먹는 사람은
온화하고 부드러운 성격을 지녔을 것이다.

심플한 입맛처럼 성격도 심플한 그 사람들이야말로
어쩌면 국수 본연의 맛을 가장 잘 알고 있는지도 모른다.
꼼꼼하게 향채를 뜯어 넣고, 소스를 가미하고,
천천히 그 순서를 즐기는 사람을 보면
세상도 그렇게 아기자기하게 즐기며 사는지 궁금해진다.

시원하게 후루룩 소리를 내며,
젓가락으로 집은 면을 한 번에 끝까지 빨아들이는 사람은
인내심이 강할 것이다.
한 젓가락 크게 떠 올린 뒤 이로 똑 끊어서 먹는 사람에게서는
일을 밀어붙이는 강인함이 보인다.
면을 숟가락에 동그랗게 얹어서 먹는 사람은
관계에서도 그렇게 조심스럽게 손 내밀 것 같다.
면을 다 건져 먹은 뒤 국물을 마시는 사람은
차근차근 삶의 단계를 밟아가는 이일 것이다.

국수 한 그릇을 맛있게 비우는 사람들의 모습을 관찰하며
남몰래 진심으로 기원한다.
국수 한 그릇을 자기만의 스타일로 먹고선
홀연히 떠나는 그들의 삶에 행운이 있기를……．

나는 그곳에

국수를
두고 왔네

라디오에서 우연히 '마를레네 디트리히'라는
독일 배우의 노래를 들은 적이 있다.

난 베를린에 가방을 하나 두고 왔지
그래서 곧 그리로 가야 해
지난날 행복은 모두 가방 속에 있다네

파리 마들렌 거리는 눈부시게 아름답고
5월의 로마 시내도 무척이나 아름답지
조용히 와인을 마시는 빈의 여름밤도 좋고 말이야

하지만 그대들이 웃을 때

난 오늘도 베를린을 생각한다네

베를린에 가방을 하나 두고 왔기 때문이지

나도 두고 온 것이 있나 보다.

그렇지 않고서야 이렇게 여러 번 다녀왔는데도

또 돌아가고 싶어질 리가 없다.

나는 그곳에 '국수'를 두고 왔다.

Lẩn 149 K

ùm mỡ 89K

p mắm nhĩ 159

úc nướng đá 159

núp lìm 89K

hấp gừng 89K

Chapter 04

그녀의
국수 사전

국수를 먹는 순서

모든 음식이 그럴 것이다. 먹는 방법이 있고, 순서가 있다. 방법과 순서를 지키지 않는다고 해서 큰일 날 건 없지만 지키면 결코 손해 보지 않는 이 규칙은 낯선 여행지에서 더없이 소중하다. 무턱대고 먹다 보면 맛없다고 툴툴댈 확률만 높아질 뿐이다. 그래서 여행지에서 나는 열혈 관찰자가 된다. 현지인들이 주로 무슨 음식을 시키는지, 어떻게 먹는지 잘 봐두었다가 그대로 따라 한다.

지금 당신도 여행 중인가? 혹시 음식 때문에 낭패를 봤다면 사람들을 관찰하라. 거기에 맛있는 정답이 있다. 내가 터득한 국수의 규칙은 이렇다. 주문한 국수가 나오면 우선 있는 그대로 한 숟가락 맛본다. 주재료가 무엇인지 음미하며 가늠해본 뒤 초록색 라임을 집어 엄지와 검지로 능숙하게 짜 넣는다. 그러고는 테이블을 둘러본다. 이제 소스 차례다. 고추 소스건 피시 소스건 식초건 아주 약간씩 더하면서 맛을 보면, 국물이 점점 맛의 정점을 향해 달려가고 있다는 느낌이 들 것이다. 동남아 음식에서 빼놓을 수 없는 작은 고추도 더하자. 청

양고추와 달리 매운맛이 빨리 사라지는 이 고추는 또 한 번 국물 맛에 변혁을 가져온다.

다음은 향채들이다. 국수마다 딸려 나오는 향채가 조금씩 다른데, 그중에는 다른 집 향채 바구니에는 없는 무언가가 있을 것이다. 바로 그 향채를 공략해야 한다. 그들이 오랜 시간 먹어오면서 알아낸, 그 국수와 가장 궁합이 맞는 향채의 잎을 똑똑 따 넣어야 국수가 비로소 완성된다. 의외로 향이 그리 강하지 않으면서 식감이 좋은 향채들이 많으니 과감하게 도전해보자. 그대로 먹기 부담스럽다면 살짝 데쳐달라고 하면 된다. 현지인들 중에도 데쳐서 먹는 사람들이 많다.

그렇게 천천히 하나씩 더할 때마다 맛이 미묘하게 달라진다. 순간순간이 더해져서 완성되어가는 삶처럼 차례차례 더해지는 작은 변화들로 최고의 국수가 탄생한다.

이제 국수를 먹을 시간이다.
완벽해진 우리의 국수를.

복잡해 보이는
베트남 국수 이름도
몇 가지 단어만 알고 있으면
정리가 된다.

어떤 재료를 사용해
어떻게 만드는지 알 수 있다.
이제 자신 있게, 취향에 맞게
국수를 주문해보자.

면 종류

Types of Noodles

바인까인Bánh Canh
쌀과 타피오카 가루를 섞어 만든 면

바인다Bánh Đa
갈색 또는 진한 자주색의 쌀 면

바인호이Bánh Hỏi
면 중에서 가장 얇은 면
보통은 엉겨 붙어 있는 면을 그대로
얇게 잘라 다른 재료를 싸 먹거나 그
자체로 소스에 찍어 먹는다.

바인짱Bánh Tráng
라이스페이퍼의 총칭

분Bún
퍼보다 가는 쌀 면
중면과 소면이 있다.

까오러우Cao Lầu
호이안 국수의 하나이자 그 국수에
들어가는 두툼하고 거친 면

후띠에우Hủ Tiếu
굵기가 중면 정도인 말린 쌀 면

미Mì, Mỳ
계란과 밀가루로 만든 면 또는 라면

미엔Miến
당면

퍼Phở
너비 0.5센티미터 정도의 쌀 면

주재료

Main Ingredients

까Cá
생선

짜Chả
소시지, 완자

짜인Chanh
라임, 레몬

쭈오이Chuối
바나나

꾸어Cua
게

더우Đậu
더우후Đậu Hũ
더우푸Đậu Phụ
두부

르언Lươn
실장어

망Măng
죽순

므Mực
오징어

응안Ngan
거위

옥Ốc
우렁이

꾸엇Quất
금귤

꿔이Quẩy
국수나 죽에 적셔 먹는
튀긴 빵

라우Rau
야채

팃보Thịt Bò
소고기

팃가Thịt Gà
닭고기

팃해오Thịt Heo
돼지고기(남부)

팃런Thịt Lợn
돼지고기(북부)

팃빗Thịt Vịt
오리고기

똠Tôm
새우

쯩Trứng
달걀

향채 종류

Types of Herbs

낀저이Kinh Giới
베트남 밤

라우훙루이Rau Húng Lũi
스피어민트

응오Ngò
고수

라우훙꾸에Rau Húng Quế
타이 바질

응오가이Ngò Gai
쿨란트로

라우응오옴Rau Ngò Om
소엽풀

라우껀떠이Rau Cần Tây
셀러리 잎

라우람Rau Răm
베트남 고수

라우당Rau Đẳng
마디풀

사짜인Sả Chanh
레몬그라스

라우지엡까Rau Diếp Cá
어성초

티라Thì Là
딜

라우훙까이Rau Húng Cay
페퍼민트

띠아또Tía Tô
시소

조리 방식

Cooking Methods

찌엔Chiên
볶다
볶음밥, 튀김에 쓰이는 표현

란Rán
튀기다
북부에서 주로 쓰이는 표현

꾸온Cuốn
말다
싸서 먹는 음식에 쓰이는 표현

랑Rang
볶다
기름을 사용하지 않거나 아주 소량
만 사용해 볶는 방법이다.

헙Hấp
찌다

소이Sôi
끓이다

코Khó
마른
남부에서 주로 쓰는 표현으로 면 종
류와 결합하면 비빔국수를 뜻한다.

쫀Trộn
섞다
비벼 먹는 음식에 쓰이는 표현

루옥Luộc
삶다

쭝Trụng
데치다

느엉Nướng
굽다

싸오Xào
볶다
야채, 국수 볶음에 쓰이는 표현

베트남 음식의 특징과 지역별 국수

일조량과 강수량이 풍부한 열대 몬순 기후로 야채와 과일이 풍부하고, 세계에서 손꼽히는 쌀 생산량을 자랑하는 나라. 국토를 관통해 흐르는 메콩 강과 남북으로 1,600킬로미터 이상 길게 뻗은 긴 해안선 덕분에 수산물까지 풍족한 베트남. 이 천혜의 환경이 다양하고 독특한 베트남 식문화의 근원이다.

여기에 또 한 가지. 아이러니하게도 1,000여 년간 지속된 중국의 지배와 100년 가까운 프랑스 식민 지배 역사는 베트남의 식문화를 확장하는 계기가 되었다. 그래서 많은 이들이 베트남 음식을 'World's first real fusion cuisine'이라고 칭한다. 베트남 전통 음식에 동서양의 맛이 어우러진 요리들을 만들어냈으니 말이다. 이국의 음식을 그냥 받아들이지 않고, 맛과 질감과 메뉴 구성까지 모든 것의 밸런스를 새롭게 찾아낸 베트남 사람들의 지혜는 알수록 놀랍다. 그래서 베트남엔 전통적인 국수와 밥과 반찬이 있는가 하면 바게트와 커피, 스테이크까지 모든 것이 있다.

베트남은 지리적으로나 기후적으로나 북부, 중부, 남부, 세 지역으로 나뉘는데 식문화도 그에 따라 자연스럽게 구분된다. 지형과 날씨, 그로 인한 생활환경의 차이가 고스란히 반영된 것이다. 하노이를 중심으로 하는 북부 음식은 중국의 영향을 많이 받았다. 중부와 남부 음식에 비해 전체적으로 담백해 재료 본연의 맛이 살아 있다. 기름기도 상대적으로 덜하고 단맛, 매운맛도 약한 편이다. 연하게 희석한 느억맘과 맘똠을 소스로 자주 사용하며 다른 지역에 견주면 향신료를 적게 쓴다. 바질, 시소, 고수, 딜 같은 향채를 많이 사용한다.

북부 대표 국수
퍼보, 퍼가, 퍼꾸온, 퍼찌엔퐁, 분짜, 분옥,
분더우맘똠, 분목, 분탕, 분리에우꾸어,
분응안, 바인꾸온농, 바인다꾸어, 미엔르언

후에와 다낭이 속한 중부 지방 음식은 전반적으로 맵고 풍부한 맛이 특징이며 붉은색과 다갈색 등 색 또한

화려하다. 중부만의 소스로는 맘똠쭈어^{Mắm Tôm Chua}, 맘루옥이 있다. 베트남의 옛 수도인 후에에는 특히 궁중 요리의 영향이 많이 남아 있어 음식들이 호화롭다. 작은 접시에 조금씩 담아 내는 아기자기하고 정성스런 음식도 맛볼 수 있다.

중부 대표 국수
분보후에, 분팃느엉, 분헨, 바인으엇팃느엉,
바인까인꾸어, 바인까인까록, 미꽝, 까오러우

남부 지방에는 메콩 삼각주에서 나오는 열대 과일들과 특히 코코넛, 그리고 풍부한 쌀을 활용한 음식이 많다. 중국, 캄보디아, 태국, 인도 등 여러 나라의 영향을 받았다. 코코넛밀크를 베이스로 즐겨 쓰며 단맛이 강하다. 젓갈 중에서도 맘까삭^{Mắm Cá Sặc}, 맘바키아^{Mắm Ba Khia} 같은 좀 더 짠 맘을 사용한다. 또한 베트남의 가장 중요한 소스인 느억맘 생산지로 유명한 곳, 무이네와 푸꾸옥^{Phú Quốc}이 남부에 있다.

남부 대표 국수
퍼보코, 후띠에우보코, 후띠에우남방,
후띠에우미토, 분까리, 분짜죠, 분맘, 분까,
분까쓰어

지역마다 개성도 강하지만 베트남 음식 전체를 아우르
는 공통점도 있다. 찬 성질의 재료를 요리할 때는 맵고
뜨거운 양념으로 부족한 기운을 메워주고, 몸에 열을
일으키는 음식에는 찬 성질의 야채를 함께 먹는 등 식
생활에서도 음양의 조화를 추구한다. 게다가 그 조화가
음식의 맛도 살려주기에 더 놀랍다. 자연스럽게 베트남
음식 안에 녹아 있는, 예부터 전해오는 건강한 지혜는
현재의 식탁에서도 그대로 재현된다.

숨은 강자, 별미 국수

분응안Bún Ngan

음식 맛을 표현하는 베트남어 단어 중에 '부이배오Bùi Béo'라는 말이 있다. '맛이 풍부하며 기름지다'라는 뜻인데 분응안이 딱 그렇다. 국물 한 숟가락을 입에 떠 넣으면 왜 그 단어가 필요한지 알게 된다. 거위 고기의 특성상 기름기가 많지만 국물에 아주 미세한 방울로 맺혀 있어 예상 외로 맑게 느껴지면서도 묵직한 바디감을 유지한다.

분짜죠Bún Chả Giò, 분냄Bún Nem(북부)

바삭하게 튀긴 고소한 짜죠를 뚝뚝 잘라 넣고 분과 함께 즐긴다. 채 썬 오이와 향채에 새콤달콤한 느억맘 소스를 넣고 비벼 먹으면 더위가 가신다. 북부 지방의 하이퐁에서는 냄(짜죠)을 커다란 네모 모양으로 만든다.

미엔꾸어쫀Miến Cua Trộn

미엔을 데쳐서 물기를 뺀 뒤 게살과 목이버섯, 새우를 얹어서 소스와 함께 비벼 먹는다.

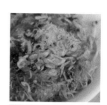

후띠에우보코Hủ Tiếu Bò Kho, 바인미보코Bánh Mì Bò Kho

소고기와 당근을 큼직큼직하게 썰어 푹 곤 스튜인 보코에 후띠에우 면이나 퍼 면을 말아 먹기도 하고, 베트남 바게트인 바인미Bánh Mì를 찍어 먹기도 한다. 레몬그라스, 스타아니스, 계피 등의 향신료를 써서 향이 진하고 그윽한 보코는 주로 아침 식사로 먹는다.

분까리Bún Ca Ri

야자열매의 흰 과육을 긁어내 즙을 짠 코코넛밀크는 훌륭한 요리 재료가 된다. 베트남식 커리에는 이 코코넛밀크가 꼭 들어간다. 분을 한 젓가락 덜어 닭고기 커리에 담그면 국수 가락이 코코넛의 달콤함에 춤을 추는 듯하다. 한없는 달콤함에 기분 좋게 빠져드는 열대의 축제 같은 분까리는 베트남의 남부 지방에서 주로 만날 수 있다.

그녀의 국숫집 38

베트남 식당들 중에는 간판에 음식 이름만 크게 써놓은 곳이 종
종 있는데, 이 책에서 소개한 식당들도 그런 곳이 꽤 있다. 그래서
찾기 쉽도록 식당 이름 대신 간판에 적혀 있는 대로 옮겨 적었다.
물론 실제 방문할 때는 주소가 필수다. 주소는 대부분 간판 아래
쪽에 적혀 있다.

P.44

후띠에우남방Hủ Tiếu Nam Vang

Hủ Tiếu Nam Vang Ba Hoàng
46 Võ Văn Tần, Hồ Chí Minh

P.58

분보후에Bún Bò Huế

Bún Bò Huế O Xuân
3 Quang Trung, Hà Nội

Bún Bò Huế
19 Lý Thường kiệt, Huế

P.56

바인까인콩Bánh Canh Không

Hoàng Ty
70~72 Võ Văn Tần, Hồ Chí Minh

P.62

바인까인꾸어Bánh Canh Cua

Kim Long
68/80 Trần Quang Diệu, Hồ Chí
Minh

P. 116

분묵Bún Mọc

Bún Mọc Bảo Khánh
10 Bảo Khánh, Hà Nội

Bún Mọc Bảo Khánh
77 Nam Ngư, Hà Nội

Bún Mọc Hàng Hành
21 Hàng Hành, Hà Nội

P.130

분족뭉-Bún Dọc Mùng

Bún Dọc Mùng
18 Bát Đàn, Hà Nội

P.138

미반탄-Mì Vằn Thắn

Mỳ Vằn Thắn Sủi Cảo Mì Khô
9 Đinh Liệt, Hà Nội

Huy Hoàng
21 Hàng Điệu, Hà Nội

P.120

분탕Bún Thang

Bún Thang Bà Đức
49 Cầu Gỗ, Hà Nội

P.142

분옥쭈오이더우-Bún Ốc Chuối Đậu

Thủy Bún Ốc Chuối Đậu
11 Ngõ Đồng Xuân, Hà Nội

P.124

바인꾸온농Bánh Cuốn Nóng

Bánh Cuốn Thanh Vân
14 Hàng Gà, Hà Nội

Bánh Cuốn Bà Hoành
66 Tô Hiến Thành, Hà Nội

P.146

퍼찌엔퐁Phở Chiên Phồng

Phở Cuốn Hưng Bền
26 Nguyễn Khắc Hiếu, Hà Nội

P.148

퍼싸오보Phở Xào Bò

Phở Xào Phú Mỹ
45B Bát Đàn, Hà Nội

Phở Yến
66 Cửa Bắc, Hà Nội

P.174

까오러우Cao Lầu

Cao Lầu Bà Bé
Ngã Tư Giếng Nước, Trần Phú, Hội An

Trung Bắc
87 Trần Phú, Hội An

P.178

미꽝Mì Quảng

Mì Quảng 1A
1A Hải Phòng, Đà Nẵng

Loan
5 Lê Hồng Phong, Đà Lạt

P.182

분까로Bún Cá Rô, 분까쓰어Bún Cá Sứa

Huyền Cá Rô
65 Trần Nhân Tông, Hà Nội

Nguyên Loan
123 Ngô Gia Tự, Nha Trang

P.186

바인다꾸어Bánh Đa Cua

Miến-Bánh Đa Cua
59A Phung Hừng, Hà Nội

Bánh Đa Cua Hải Phòng
2 Cửa Đông, Hà Nội

P.190

퍼꾸온Phở Cuốn
바인으엇팃느엉Bánh Ướt Thịt Nướng
고이꾸온Gói Cuốn

Phở Cuốn Hưng Bến
26 Nguyễn Khắc Hiếu, Hà Nội (퍼꾸온)

Huyền Anh
52 Kim Long, Huế (바인으엇팃느엉)

Đặc Sản Bún Mắm
22 Phan Bội Châu, Hồ Chí Minh (고이꾸온)

P.194

바인짱쫀Bánh Tráng Trộn

Bánh Tráng Trộn Cô Toàn
92 Hàng Trống, Hà Nội

Phở Bò

Bún Chả

Bún Bò Nam Bộ

Miến Gà

Chả Cá

Bún Đậu Mắm Tôm

Gỏi Cuốn

Phở Cuốn

Mì Vằn Thắn

Chapter 05

그녀의
레시피

국수, 시가 되다

몇 줄밖에 안 되는 한 편의 시에는 때로
대하소설보다도 긴 이야기가 담긴다.
누군가의 삶 전체가 담기고
인생의 비밀이 담겨
우리를 울리고 미소 짓게 한다.

작은 그릇 하나가 전부인 국수는 시를 닮았다.
화려한 수사가 없어야 더 감동적인 시처럼
오직 그 소박한 한 그릇만으로
우리의 마음을 일렁이게 한다.
눈으로 읽지만 마음으로 해독하는 시처럼
국수의 뜨거운 국물은
사람에게 상처 입고 세상에 서운해서 더 허기지는
어느 저녁의 마음을 덥혀준다.

세상에는 얼마나 많은 국수가 존재할까.
국수로 쓴 그 시들은
얼마나 많은 사람들을 포근히 안아줬을까.
시를 쓸 수 없는 나는
가만히 당신에게 국수 한 그릇을 내민다.

베트남 사람들은 두 가지 방법으로 퍼보를 즐긴다. 익힌 양지머리를 얹어
먹는 퍼찐Phở Chín과 얇게 저민 생고기를 칼등으로 다진 뒤 육수에 넣어
바로 익혀 먹는 퍼따이Phở Tái다. 익힌 고기와 생고기를 함께 넣어 먹기도 한다.
레시피에서는 퍼찐으로 소개한다.

퍼보

재료(2인분 기준)

육수*	시나몬 스틱 8cm	면	고추
소뼈 500g	정향 2개	건조 퍼	
양지머리 또는	고수 씨 약간		소스
넓적다리 살 200g	느억맘 4T	고명용 야채	레몬
양파 2개	소금 1t	쪽파	칠리소스
생강 1개	설탕 1t	고수	
카다몸 2개		숙주	기타
스타아니스 3개		바질	후추

* 육수에 넣을 향신료를 준비하기 어려울 경우 퍼 플레이버를 이용해
도 좋다.

1. 끓는 물에 소뼈를 넣고 5분쯤 강불로 끓인 뒤 그 물은 버리고 5리터 정도
   의 물을 새로 붓는다. 이때 양지머리와 껍질 깐 양파 한 개를 넣어 중불로
   끓이면서 거품을 제거해준다.
2. 얇게 저미듯 썬 생강과 껍질을 까지 않고 반으로 자른 양파 한 개, 카다몸,
   스타아니스, 시나몬 스틱은 껍질째 불 위에서 직화로 굽는다.
3. 정향과 고수 씨는 프라이팬에 볶아서 준비하고, 티백이나 베 주머니에 카다
   몸, 스타아니스, 시나몬 스틱과 함께 담아둔다.
4. 구운 양파와 생강 등 준비한 모든 향신료를 끓고 있는 육수에 넣고 약불로
   1시간 이상 끓인다.
5. 느억맘, 소금, 설탕을 넣어 간을 한다. 양지머리를 젓가락으로 찔렀을 때 잘
   들어가며 피가 묻어 나오지 않으면 얇게 썰어서 준비해둔다.
6. 쪽파의 흰 부분은 세로로 얇고 길게 채 썰고, 푸른 부분과 고수는 곱게 썬다.
7. 미지근한 물에 20분 정도 불려둔 퍼를 국수 건지개에 담고 뜨거운 물에
   서 젓가락으로 휘저으며 잘 풀어 담는다. 그 위에 고기와 고명용 야채를 얹
   고 후추를 뿌린 뒤 육수를 붓는다. 입맛에 따라 레몬, 칠리소스를 더한다.

분짜
Bún Chả

재료(2인분 기준)

짜Chả	올리브유 2t	콜라비 1/2개	설탕 1/2Cup
삼겹살 200g	다진 양파 2T	당근 1/2개	물 3Cup
곱게 간 돼지고기	다진 마늘 2T	소금 1t	레몬 1개
200g	다진 파 2t	설탕 2t	다진 마늘 1T
		식초 2t	고추 1개
고기용 양념	면		곁들임 야채
느억맘 2T	분(버미셸리)	소스	양상추
굴소스 2t		느억맘 1/2Cup	고수
후추 1t	피클	(Cup=200ml)	민트 등
설탕 4t	그린파파야 또는	식초 1Cup	

1. 삼겹살은 3센티미터 길이로 잘라 양념에 30분간 재워둔다. 곱게 간 돼지
   고기도 양념과 잘 섞어 30분간 재운 뒤 지름이 3센티미터쯤 되도록 동그
   랗게 빚는다.

2. 양념한 두 가지 고기를 오븐이나 프라이팬 또는 석쇠에 굽는다. 바비큐가
   가능하면 바비큐 그릴에 굽는다. 숯불 향이 스미면 더 맛있다. 오븐에 구울
   경우 200도에서 20~30분 정도 굽는다.

3. 그린파파야와 당근은 얄팍하고 네모지게 썰어 소금에 살짝 절였다가 헹구
   고 물기를 제거한 뒤 설탕과 식초를 넣고 10분쯤 절여둔다.

4. 느억맘, 식초, 설탕, 따뜻한 물을 섞고 레몬을 첨가해 소스를 만든다.

5. 곁들임 야채는 깨끗이 씻어 물기를 빼고 섞어둔다.

6. 분은 미지근한 물에 15분쯤 담가둔 뒤 끓는 물에 넣었다가 바로 꺼내서 물
   기를 제거한다.

7. 그릇에 피클과 두 가지 고기를 담고 소스를 붓는다. 거기에 굵게 다진 마늘
   과 잘게 썬 매운 고추를 얹는다. 분과 야채는 따로 내고, 조금씩 소스에 덜
   어 적셔 먹는다.

분보남보

재료(2인분 기준)

소고기 볶음	면	고추 2~3개	야채
소고기 300g	분(버미셀리)	물 1Cup	상추
굴소스 2T			고수
느억맘 1t	피클	소스	숙주 등
다진 마늘 2T	그린파파야 또는	느억맘 1T	
통마늘 4쪽	콜라비 1/2개	레몬즙 1T	기타
후추 1t	당근 1/2개	설탕 1T	볶은 땅콩
설탕 1t	소금 1+½T	물 5T	
식용유 1T	식초 3T	다진 마늘 1t	
소금 약간	설탕 6T	다진 고추 1t	

1. 얇게 썬 소고기를 굴소스, 느억맘, 다진 마늘, 후추, 설탕, 식용유, 소금에 15분 이상 재워둔다.
2. 통마늘 세 쪽을 편으로 얇게 썰어 기름에 노랗게 튀긴 뒤 마늘은 따로 빼둔다.
3. 2의 기름에 통마늘 한 쪽을 굵게 다져 넣고 다시 향을 낸 뒤 이어서 재워둔 소고기를 볶는다.
4. 소금, 식초, 설탕, 고추, 물을 넣고 끓여서 식힌 뒤 채 썬 피클용 야채를 담 아둔다.
5. 소스는 느억맘, 레몬즙, 설탕, 물, 다진 마늘과 고추를 잘 섞어 만들어둔다.
6. 상추는 잘게 찢어 고수와 섞은 뒤 그릇 바닥에 깔고, 뜨거운 물에 살짝 데 친 분을 그 위에 얹는다.
7. 볶은 소고기와 피클을 차례로 얹고, 부순 땅콩, 튀긴 마늘, 숙주도 넉넉히 얹 는다. 마지막으로 소스를 뿌리고 비벼 먹는다.

미엔가
Miến Gà

재료(2인분 기준)

육수	면	소스
작은 닭 1마리	베트남 당면(미엔) 또는	소금
구운 양파 1개	중국 당면	후추
구운 마늘 4쪽		레몬즙
구운 생강 1/2개	고명용 야채	다진 고추
느억맘 2T	쪽파의 흰 부분	
소금 1t	숙주	
설탕 1t	고수	

1. 깨끗이 씻은 닭에 소금을 뿌려 10분 정도 재운다.
2. 닭이 잠길 정도로 물을 부은 뒤 구운 양파, 마늘, 생강을 넣고 닭이 푹 익을 때까지 끓인다. 닭이 다 익으면 살만 발라서 먹기 좋게 찢어둔다.
3. 살을 발라낸 뼈는 다시 육수에 넣어 30분 정도 더 끓인다.
4. 뼈는 건져낸 뒤 느억맘, 소금, 설탕으로 간을 한다.
5. 물을 따로 끓여 미엔을 국수 건지개에 넣고 잠시 담가 젓가락으로 잘 저어 부드럽게 풀리면 그릇에 담는다.
6. 그 위에 닭고기, 쪽파와 숙주, 고수를 올리고 육수를 붓는다. 쪽파와 숙주는 뜨거운 물에 살짝 데쳐서 따로 내도 좋다.
7. 소금, 후추, 레몬즙, 다진 고추는 기호에 맞게 적당량씩 넣어 소스를 만들고 닭고기를 찍어 먹는다.

짜까

재료(2인분 기준)

생선 구이	면	다진 고추 1t
흰 살 생선 500g	분(버미셀리)	
강황 가루 1t		곁들임 야채
다진 생강 1t	소스	실파 한 줌
새우젓 1/2t	느억맘 1T	딜 한 줌
코코넛밀크 또는	레몬 1T	
요거트 1t	설탕 1T	기타
올리브유 1t	물 5T	볶은 땅콩
후추 약간	다진 마늘 1t	

1. 흰 살 생선은 가시를 제거해 필레로 만들어 깨끗이 씻고 물기를 제거한 뒤 2×4센티미터로 썬다.
2. 필레에 강황 가루, 다진 생강, 새우젓, 코코넛밀크, 올리브유, 후추를 넣고 30 분에서 1시간 정도 재워둔다.
3. 재워둔 필레를 석쇠나 오븐에 노랗게 초벌로 굽는다. 오븐에 구울 경우 200 도에서 7분 정도가 적당하다.
4. 분은 살짝 데쳐 물기를 빼두고, 소스도 만들어둔다.
5. 실파는 길게 자르고 흰 부분은 칼을 이용해 가늘게 찢는다. 딜도 깨끗이 씻 어 잘라둔다.
6. 기름을 넉넉히 두른 프라이팬에 살짝 구운 필레를 담아 테이블 위에서 한 번 더 볶으면서 먹을 수 있도록 준비하고, 실파와 딜, 땅콩, 면, 소스를 함께 낸다.
7. 기름이 뜨거워지면 실파와 딜을 프라이팬에 넣어 섞어준다. 개인용 그릇에 내용물을 덜고 분, 땅콩, 소스를 조금씩 섞어서 먹는다.

분더우맘똠
Bún Đậu Mắm Tôm

재료(2인분 기준)

두부 튀김	소스*(A)	소스(B)	곁들임 야채
두부 1모	느억맘 1T	새우젓 2T	오이
소금 1t	레몬즙 1T	레몬즙 2T	바질
튀김용 기름	설탕 1T	설탕 1t	고수
	물 5T	다진 마늘 1t	시소 또는 깻잎
면	다진 마늘 1t	고추 1개	
분(버미셀리)	다진 고추 1t	뜨거운 기름 2T	

* 현지인들이 곁들여 먹는 맘똠 소스는 한국에서 구하기 어려워 새우젓
  으로 대체하거나 쉽게 구할 수 있는 느억맘을 이용해서 만들 수 있다.
  소스에 들어가는 고추는 매운 게 좋다.

1. 두부를 크게 등분하고, 소금을 살짝 뿌려둔다.
2. 키친타월로 두부 겉면의 물기를 제거하고 두부가 잠길 정도로 기름을 부
   어 튀긴 뒤 2×2×2센티미터 정육면체 크기로 자른다. 소스에 사용할 기
   름을 조금 남긴다.
3. 소스는 두 가지 방법으로 만들 수 있다.
   소스(A): 느억맘, 레몬즙, 설탕, 물, 다진 마늘과 고추를 넣는다.
   소스(B): 새우젓을 곱게 다지고 레몬즙, 설탕, 다진 마늘과 얇게 채 썬 고추,
   그리고 2의 기름을 조금 넣어서 잘 저어준다.
4. 분은 15분 정도 물에 담근 뒤 끓는 물에 넣었다가 바로 꺼내 물기를 뺀다.
5. 곁들임 야채는 깨끗이 씻어 물기를 빼고 오이는 어슷하게 썰어둔다.
6. 넓은 접시에 튀긴 두부, 야채, 분을 잘 펼쳐서 담고 소스를 곁들인다.
7. 개인용 접시에 튀긴 두부, 야채, 분을 덜고 소스를 찍어 한입에 먹는다.

고이꾸온

재료(열 개 분량)

주재료
돼지고기 200g
새우 100g
분(버미셀리) 약간
상추 10장 이상
오이 1개
부추 한 줌
고수 약간

라이스페이퍼 10장

소스
식용유 1T
마늘 1T
호이신 소스(해선장) 5T
돼지고기 삶은 물 5T
땅콩버터 1T

설탕 1T
다진 고추 1t
볶은 땅콩

1. 돼지고기를 삶아 찬물에 헹구고 얇게 썬다. 소스에 사용할 돼지고기 삶은 물을 조금 남긴다.
2. 새우는 삶거나 볶아서 익힌 뒤 껍질을 까고 반으로 갈라둔다.
3. 분은 끓는 물에 살짝 데쳐서 찬물에 헹구고 물기를 빼둔다.
4. 야채는 씻어서 물기를 빼고, 오이와 부추는 길게 썰어둔다.
5. 소스는 식용유에 마늘을 넣고 볶다가 호이신 소스, 돼지고기 삶은 물, 땅콩버터, 설탕을 차례로 넣으면서 끓여둔다.
6. 따뜻한 물에 살짝 담가 촉촉해진 라이스페이퍼를 깐 뒤 상추, 오이, 고수, 삶은 분을 차곡차곡 올린다. 돼지고기는 따로 그 앞에 놓고, 돼지고기 앞에 새우를 놓는다. 이때 새우 겉면이 아래로 가도록 놓아야 다 말았을 때 새우의 붉은 살이 비쳐서 예쁘다. 재료를 다 놓았으면 앞으로 한 번 말고 옆 부분을 접은 뒤 부추가 라이스페이퍼의 한쪽으로 3~4센티미터쯤 삐져나오게 얹고 끝까지 말아서 완성한다.
7. 접시에 새우가 비치는 쪽이 보이도록 담고, 식힌 소스에 다진 고추와 부순 땅콩을 더해서 낸다.

퍼꾸온
Phở Cuốn

재료(열 개 분량)

라이스페이퍼	소	고수	레몬즙 2T
반죽	소고기 150g	상추	다진 마늘 2t
쌀가루 1Cup	후추 1t	민트	다진 고추 1개
타피오카 가루 또는	다진 마늘 2t	숙주	물 10T
녹말 1Cup	다진 생강 1t		
물 2Cup	설탕 1t	소스	
식용유 약간	식용유 1T	느억맘 2T	
소금 1t	느억맘 1T	설탕 2T	

1. 쌀가루와 타피오카 가루를 섞어서 체에 내리고 물을 넣어 거품기로 잘 풀어 준 뒤 1시간 정도 두었다가 식용유와 소금을 넣어 반죽을 완성한다.
2. 기름기가 없는 소고기 부위를 최대한 얇게 저며 후추, 다진 마늘(1t)과 생강, 설탕, 식용유, 느억맘을 넣고 주무른 후 10분 이상 재운다.
3. 프라이팬에 다진 마늘(1t)을 먼저 볶아 향을 낸 뒤 준비한 고기 소를 넣어 국물이 생기지 않도록 강불로 빨리 볶는다.
4. 반죽은 프라이팬에 얇게 부치거나 냄비 안에 찜기를 놓고 그 위에 기름 바른 접시를 올려 반죽을 한 국자 정도 부어서 김으로 익힌다. 이때 물이 끓으면 불을 약하게 줄여야 수증기가 반죽에 떨어지지 않는다.
5. 익힌 라이스페이퍼 위에 준비한 야채와 볶은 고기를 얹고 돌돌 말아준다.
6. 느억맘, 설탕, 레몬즙, 다진 마늘과 고추에 물을 섞어 소스를 만든다.
7. 완성한 퍼꾸온의 끝을 칼로 예쁘게 정리한 뒤 어슷하게 한 번 썰어 내용물이 보이도록 놓고, 소스와 함께 낸다.

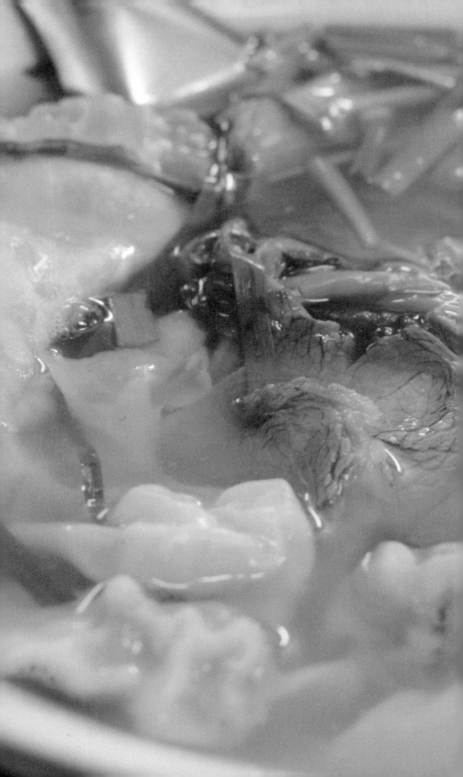

미반탄

재료(2인분 기준)

육수	피*	생강 1t	고명
돼지 뼈 500g	밀가루 250g	다진 파 1t	부추
건새우 3T	계란 1개	간장 1T	얼갈이배추
무 1/4개	물 100ml	굴소스 1T	삶은 계란
구운 양파 1/2개		소금 1t	
구운 오징어	소	설탕 1t	면
작은 거 1마리	곱게 간 돼지고기	참기름 2T	에그 누들
느억맘 2T	또는 새우 200g	후추 약간	
소금 1T	목이버섯 약간		
설탕 1T	다진 양파 2T		

＊ 시중에서 파는 만두피로 대체 가능

1. 돼지 뼈, 건새우, 무, 구운 양파와 오징어에 물 2리터를 붓고 어느 정도 끓인 뒤 느억맘, 소금, 설탕으로 간을 맞춘다.
2. 반탄 피 재료를 잘 섞어 반죽하고 얇게 밀어서 가로세로 10센티미터 길이로 자른다.
3. 피 안에 잘 섞어둔 소를 조금만 넣고 공간을 느슨하게 하여 물이나 계란물을 발라 먼저 대각선으로 붙인 뒤 다른 모서리도 가운데로 모아 복주머니 모양으로 만든다.
4. 부추는 깨끗이 씻어 적당한 길이로 자르고, 얼갈이배추는 살짝 데친다.
5. 에그 누들을 끓는 물에 1~2분 정도 데친 뒤 물기를 뺀다.
6. 반탄은 끓는 물에 넣고 약 2~3분 뒤 물 위에 떠오르면 건지는데, 중약불로 끓여야 반탄이 터지지 않는다.
7. 익힌 에그 누들을 먼저 담고 반탄을 얹은 다음 국물을 붓고, 야채와 삶은 계란을 얹어서 낸다.